少年读红楼

宝黛初相见

[清] 曹雪芹 高鹗
原著

钱儿爸（韩涛）
编著

赵燕
绘

中信出版集团 | 北京

图书在版编目（CIP）数据

少年读红楼．宝黛初相见 /（清）曹雪芹，（清）高鹗原著；钱儿爸编著；赵燕绘．--北京：中信出版社，2023.10（2025.4重印）．
ISBN 978-7-5217-5730-9

Ⅰ．①少… Ⅱ．①曹… ②高… ③钱… ④赵… Ⅲ．①《红楼梦》—少年读物 Ⅳ．① I207.411-49

中国国家版本馆 CIP 数据核字（2023）第 089967 号

少年读红楼·宝黛初相见

原　　著：[清]曹雪芹　[清]高鹗
编　　著：钱儿爸
绘　　者：赵燕
出版发行：中信出版集团股份有限公司
　　　　　（北京市朝阳区东三环北路27号嘉铭中心　邮编 100020）
承 印 者：北京瑞禾彩色印刷有限公司

开　　本：787mm×1092mm　1/16　　印　张：9　　字　数：100千字
版　　次：2023年10月第1版　　　　　　印　次：2025 年 4 月第 2 次印刷
书　　号：ISBN 978-7-5217-5730-9
定　　价：39.00元

版权所有·侵权必究
如有印刷、装订问题，本公司负责调换。
服务热线：400-600-8099
投稿邮箱：author@citicpub.com

自序

让孩子懂得"中国式社会"

"世事洞明皆学问，人情练达即文章。"

有朋友问我，为什么要给孩子讲《红楼梦》？面对这个问题，我时常想起自己少年时如饥似渴读红楼的场景。在我看来，《红楼梦》不仅是值得一读再读的经典名著，更是让孩子理解"中国式社会"绕不开的作品。

《红楼梦》看似讲古代豪门的日常生活，但处处体现的是人情世故。里面没有运筹帷幄、决胜千里的谋略，也没有百万雄兵中取上将首级的豪迈，但暗含着日常生活中的为人处世之道，非常细腻，耐人寻味。

因此，当我决定要给孩子们讲《红楼梦》时，如何讲得有意义、有意思，如何讲出精髓，如何做取舍，便成了我动笔开讲前最先解决的问题。

关于故事的趣味性，我不担心。就光是掰开了讲贾史王薛四大家族的渊源，揉碎了讲荣宁两府的人物的辈分关系，还有古代豪门大户人家的那些规矩和浮华行为，就足以让人大开眼界了。不过，孩子们要想看得过瘾，还需要会"品",能咂摸其中的味道。贾史王薛四大家族的关系,荣宁两府的纷纷扰扰,一众太太、小姐、丫鬟、老爷、公子、小厮之间的言行举止,孩子们对其体会更深刻,对人生也会更多一分思考。

至于精髓,那太多了。《红楼梦》是中国古典文学的集大成者,有着极高的文学价值。首先要说的就是,原著作者曹雪芹塑造了大量真实鲜活的人物形象。书里的每一个人都有自己的想法,都有自己的愿望,都想过自己喜欢的生活,每一个人都好像活生生存在着。

其次是精巧的故事设计。所谓"草蛇灰线,伏笔千里",曹雪芹善于设计故事,他经常会写一些看似无关紧要的内容,但过了几章之后我们就会发现,原来都是后面故事的重要伏笔。有些不仅有隐喻,还和后面发生的故事形成对比。

再次,书里有大量作者独创的俗语、诗词,其他小说难以望其项背。比如在描写四大家族的时候,作者用了很多顺口溜似的语言,像是"贾不假,白玉为堂金作马",通俗易懂,生动形象,就好像几个人茶余饭后闲聊,随口聊到这些家族一样,显得格外自然且有趣。比如在警示人物命运的时候,作者借书中人物之口,创作了许多人们耳熟能详的诗词和能挂在牌匾上的人生感悟,金句频出,如本文开头那句"世事洞明皆学问,人情练达即文章"。

此外,书里不仅有故事,还谈到了历史、艺术,以及饮食、服饰、礼仪,甚至天文地理、医卜星象、园林草木等诸多知识。我对其中一些进行了解释,比如宝玉爱喝的酸笋鸡皮汤、碧粳粥是什么做的,三间大门是什么样子,等等。

至于书中人物的感情描写,我想这也是父母们最关心的。我编写的原则是：讲爱情，不讲情欲；浅讲爱情，深讲人物的性格和背景。

我一直相信，孩子对人类的一切情感，不管是亲情、友情抑或爱情的理解水平，并不比成人低，反而孩子要更敏感。对异性的细微感觉，孩子从小就有，不必讳言。爱情也是人情世故的重要部分。所以，在讲述时我保留了主要人物的情感纠葛，在不甚紧要的旁支暗线部分做了删减。

尽量尊重原著，将书里的故事呈现给孩子们，而不是改得七零八落，不成体系，是我给自己设的原则。让孩子们在故事中识人物，在人物间品得失，有所感悟、有所成长，是我讲述红楼故事的目的。

关于版本，这套《少年读红楼》主要参考了广为流行的庚辰本和程乙本。在这两个版本的基础上，对内容进行了调整和删改，让整体故事更易被孩子理解。

最后，还是那句话，红楼故事，无论什么时候读，都很值得，都不嫌早，更不嫌晚。希望孩子们和我一样，愿意开始了解红楼故事，去发现和探索故事中的深意，进一步细细品味这部中国古典文学中的瑰宝。也祝愿所有小读者能通过《少年读红楼》这部作品，在阅读中获得心智上的成长，真正爱上我们的经典名著。

满纸荒唐言,一把辛酸泪。
都云作者痴,谁解其中味!

目录

第1章　通灵顽石有奇遇 001

第2章　超凡脱俗悟"好了" 010

第3章　红颜易得恩难报 021

第4章　林如海送女进京 032

第5章　富贵人家规矩多 040

第6章　黛玉初识贾宝玉 050

第 7 章　痴狂任性摔宝玉 059

第 8 章　雨村上任遇故人 066

第 9 章　薛家入住梨香院 077

第 10 章　宝玉游太虚幻境 085

第 11 章　红楼曲中听命运 094

第 12 章　刘姥姥一进荣府 105

第 13 章　凤姐世故好话多 113

红楼内外的世情百态 125

第1章 通灵顽石有奇遇

中国有一部奇书，名曰《红楼梦》。其名由来颇有深意。

在古代，"红楼"常用来指富家小姐的闺房。白居易《秦中吟十首·议婚》中"红楼富家女，金缕绣罗襦（rú）"，韦庄《长安春》中"长安春色本无主，古来尽属红楼女"，都是这个意思。

"梦"字则是说整篇故事如梦似幻，有天上仙境，也有人间百态，有富贵繁华，也有人去楼空，不知哪个是真，哪个是假，如在梦中。《红楼梦》第一回甚至直接点明，凡是出现"梦""幻"二字的地方，都是作者留下的暗示，提醒读者注意故事的主旨。

不过，"红楼梦"三个字正式出现是在原著的第五回。

而《红楼梦》也并非这部小说的本名，它最初的名字其实是《石头记》。

《石头记》这个名字又从何而来呢？

这就要从一个传说讲起了。相传，上古时代天地崩塌，洪水倒灌，天空中裂开了一个大口子，烈火和雷霆从天而降。人世间因此一片狼藉，百姓流离失所，死伤者不计其数。创世女神女娲不忍自己创造的子民遭难，于是在大荒山①无稽崖上，炼成三万六千五百零一块顽石，用这些石头补上了天空中的裂口。这便是女娲炼石补天的故事。

然而，女娲补天用了三万六千五百块石头，有一块顽石却被剩了下来，丢弃在青埂峰下。而这山崖和峰的名字也很有讲究：大荒山无稽崖，暗指荒唐无稽；"青埂"与"情根"谐音，

暗示故事从这里开始就脱离了上古传说。这块石头情根未了，将引出一连串与"情"相关的荒唐无稽的故事。

女娲炼出来的石头，肯定不是凡物。它有灵性，有思想，见其他石头都被女娲用在了补天上，只有自己流落荒山，无人问津，不禁黯然神伤，日夜号哭不止。

一天，正当这块顽石伤心的时候，青埂峰下来了一僧一道。僧人唤作茫茫大士，道人名叫渺渺真人。这俩名字也是有趣，渺渺茫茫，忽隐忽现，一听就是仙人名讳。

两人有说有笑，刚好就在此石旁驻足。他们一开始聊的还是各路神仙的玄奇故事，聊着聊着，就聊到了人世间的富贵繁华。这块顽石听着禁不住动了凡心，想到人间享一享荣华，于是开口拜托两位仙人，带自己下山去红尘富贵场上走一遭。

听得顽石开口，这一僧一道都笑了起来，说道："善哉，善哉。这人间确实有不少乐趣，可惜红尘苦短，人生短暂，你到人间之后，难免会有物是人非、乐极生悲之感，到头来终究是一场空，你还是不去的好啊。"

可是顽石听不进去劝告，好说歹说，非要下山去。仙人见它如此固执，便不再劝告，只叹道："也罢，既然你主意已定，我们就带你去好了。只是若到人间之后有不如意的事，你可不要后悔啊。"

顽石说道："那是自然。弟子对二位感激不尽，岂有后悔的道理？"

于是，僧人念动符咒，使出幻化之术，须臾之间，原本十二丈高、前后二十四丈宽窄的巨石，化成一块扇坠大小的莹洁美玉，明净无瑕，一看就是至宝。

僧人笑道："好好好，这模样倒也是块宝物了。"之后将宝玉收在袖中，与道人一起飘然而去，不知把它带去了何方。

不知多少年后，这块宝玉重新回到青埂峰，再次化为顽石模样，并且上面字迹分明地刻着一段故事，正是它在人世间的经历。

又不知多少年月之后，一个名唤空空的道人，为了求仙问道，路过大荒山无稽崖，看见了矗立在青埂峰下这块刻着许多文字的巨石。

他一时好奇，便来到巨石旁边，从头看起，见上面刻着四行小诗：

无材可去补苍天，枉入红尘若许年。
此系身前身后事，倩②谁记去作奇传？

诗后面跟着这块巨石下凡之后经历的故事。原来它在人间红尘中辗转多年，经历了许多事，回到青埂峰之后，就将自己在凡间的经历化作文字，显现在身上，盼着有缘人能将这段故事抄录下来，好在人间流传。

空空道人看了这些话，心中顿时明了，看来自己便是这有缘之人。他本有些犹豫，恐世人不爱看，但与巨石交谈之后，又重新审视巨石身上的故事，发现其中有不少劝善的好话，比当时流传的通俗小说要强。于是他便将故事抄录下来，带到了人间。后世有一人名叫曹雪芹，用了十年时间，将《石头记》增删五次，分出章节，这才有了今天读到的这个故事。

当然，这是作者曹雪芹开的一个玩笑，他假借石头和道人的对话，说自己的故事乃是抄录删改所得，仿佛这世界上真有这么一块巨石（宝玉）一般，让读者觉得真假难辨。

那么《石头记》中到底讲了什么故事呢？让我们从一个名叫甄士隐的人说起。

江南的姑苏③城，富贵繁华。城内有一座古庙，因为地方狭窄，形似葫芦，所以人称"葫芦庙"。葫芦庙旁边住着一位乡宦④，姓甄名费，字士隐，年过半百，家中虽不富贵，在当地也被推为望族。

不过与别的望族不同的是，甄士隐淡泊名利，只安心过自己的小日子。他每日修竹看花、酌酒吟诗，过得相当快活。有一天，天气炎热，甄士隐在书房内看书，看着看着，就有些困了，不自觉地"手倦抛书"，趴在几案上，沉沉睡去。

朦胧之间，甄士隐来到一个地方，眼前出现一僧一道，他们边走边聊，正是茫茫大士和渺渺真人，二人聊的，也正是那块玉石。

只听那道人问道:"不知你打算带它去哪儿啊?"

这里有一处讲究要说说,要知道,天上的仙人不是随便就能到下界去的。据这二人所言,天庭中有一位警幻仙子,司掌下界之事,哪位神仙想下凡,要先在警幻仙子处挂个号,排到了,才能按规矩下界投胎。而僧人手里这块石头,虽然有灵性,会说话,但并没有修成仙体,不能单独下界。

听了道人的问话,僧人胸有成竹地说道:"我听说,正好有一段风流孽缘要了结,有对冤家要下界投胎。他们已在警幻仙子那里挂了号,让他们夹带着它一起下界便好。"

道人有些好奇,便问僧人是怎样一段风流孽缘,僧人便说给了他听。

原来西方灵河岸边有一块三生石,石头旁长着一株绛(jiàng)珠草。这株草生来十分柔弱,风吹日晒之下差点儿夭折。多亏有一位神瑛侍者每日取来甘露浇灌,使它长久荣盛。不知过了多少时日,绛珠草受日精月华,渐渐成了人形,化作绛珠仙子。

后来神瑛侍者思凡下界,便在警幻仙子处挂了号,后者发现他与绛珠仙子有一段情缘未了,便找来绛珠仙子,问她要不要了结这段情缘。绛珠仙子便答应了:"我也一同下界,把我一生的眼泪还给他,也算是报了他的灌溉之恩。"

就这样,神瑛侍者下界之后,投胎成了本故事的男主人公贾宝玉,绛珠仙子则化作故事的女主人公林黛玉。

甄士隐听完这段故事,不禁大为惊奇,眼见二位神仙准备离去，慌忙上前施礼，说："二位仙师，弟子方才听你们谈及因果轮回之事，甚是惊奇。不知二位能否指点弟子一二，让弟子日后能躲避灾祸，免遭人间沉沦之苦。"

两位仙人闻言相视一笑，说道："天机不可泄露。不日之后，我二人亦将下界，到时候只要你不曾忘了我们，便可脱离火坑。"

甄士隐见状又问道："可否看一下那石头？"

僧人说道："这你倒有一面之缘。"接着递给他看。只见那块美玉上字迹分明，镌着"通灵宝玉"四字，后面还有些小字。

甄士隐正想要细看，但那二人已夺回玉石离去，过了一座石牌坊，上面写着"太虚幻境"。只听咔嚓一声响，有若天崩地裂一般，甄士隐一声大叫，醒了过来。

不知你们有没有这种体验，就是无论梦里自己说的话、做的事有多么具体清楚，起床之后就记不清了。甄士隐就遇到了这种情况。他睁开眼睛之后，梦里发生的事情就忘了一大半。

此时正好用人抱着一个小孩子进了书房，小孩就是甄士隐的女儿，名叫英莲，今年才三岁，生得十分可爱。甄士隐老来得女，更是宠爱她，见之赶紧伸手接过，怜爱地抱在怀中，将梦境全都抛在了脑后。

随后甄士隐就抱着英莲来到街上，打算带女儿看看热闹。一出门，甄士隐就碰见"熟人"了——那一僧一道。

只见两人又是并肩而来，不过这次他们的打扮不太一样，一点儿仙风道骨都没有。僧人全身脏兮兮的，脚上没穿鞋，光头上还留着疤；道人不光穿得破烂，整个人还疯疯癫癫的，满嘴胡话。

突然那个脏兮兮的僧人放声大哭起来，指着甄士隐怀里的小英莲说道："施主，你这孩子命不好，将来还会连累自己的爹娘，你把她抱在怀里做什么？"

甄士隐觉得那是疯话，没理睬，结果那僧人还不依不饶地说着："把这孩子舍给我吧，把这孩子舍给我吧！"

甄士隐不耐烦了，转过身抱女儿往家里走，那僧人忽然不哭了，反而大笑起来，一边笑一边念了四句诗：

惯养娇生笑你痴，菱花空对雪澌澌。
好防佳节元宵后，便是烟消火灭时。

听到这话，甄士隐愣住了，他听出这是在提醒他要防着元宵节。他思忖道，该不会是自己命里有灾，哪路神仙来警告了吧？该问一问的。但僧道二人已转身离去。

甄士隐正在路边愣神时，又一个声音响起："老先生，老先生！您在街边是有什么热闹看吗？"

甄士隐转头一看，见一年轻书生向自己走来。这回又是什么人呢？

⋯⋯ 诗词欣赏 ⋯⋯

手倦抛书 — 出自宋代蔡确的《夏日登车盖亭十首·其四》，体现了作者闲散舒适的夏日生活状态。

> **夏日登车盖亭十首·其四**　宋　蔡确
>
> 纸屏石枕竹方床，手倦抛书午梦长。
> 睡起莞然成独笑，数声渔笛在沧浪。

⋯⋯ 识词释义 ⋯⋯

❶ **大荒山：** 此山并非曹雪芹虚构，其名源自《山海经·大荒西经》："大荒之中，有山名曰大荒之山，日月所入。" ❷ **倩：** 读qìng，作动词，意指"请"。 ❸ **姑苏：** 苏州的别称，因为西南面有座山，名叫姑苏山，故得此名。这里指的是旧时的苏州府。 ❹ **乡宦：** 指做过官回到家乡的人。

第 2 章 超凡脱俗悟"好了"

来人是住在隔壁葫芦庙里的贾雨村。

他剑眉星目,脸上的胡子打理得整整齐齐,一副正人君子的模样,但他身上穿着粗布衣服,浆洗得都快褪色了,有的地方也快磨破了。显然,他很穷,但再穷,他还是极力维持着读书人的体面。

在古代,读书是一件很奢侈的事,书生不会种地,不会做买卖,十年寒窗苦读,没有家里供养的话,很容易饿死。一般来说,只有吃穿不愁的家庭才有供养读书人的能力。

但从另一方面来讲,读书又是一件收益很高的事情。所谓"朝为田舍郎,暮登天子堂",考取了功名,就能得到朝廷的任用,哪怕没当上高官,在地方上做个县令也风光无限,当地的豪门大户都会登门拜访。所以哪怕书生穷,他们仍然可以保持着一定的体面，当地的士绅豪强大多敬他们几分，想着他们会不会哪天飞黄腾达。

贾雨村就是如此。过去家里有些钱财，能供养他读书，但还没等他考取功名，父母便相继离世，家族败落。他不得不变卖家产，寄住在葫芦庙里，靠卖字作文维持生活。

甄士隐与贾雨村常有机会接触。甄士隐对贾雨村颇为赏识，多次邀请他到府上饮酒闲聊。

两人闲谈一番后，甄士隐又邀请贾雨村到他家里坐坐。

令贾雨村惊喜的是，这次去甄府上做客，竟遇到了自己的红颜知己。怎么回事呢？两人来到书房中坐定，正在交谈时府上却突然来了一位贵客。甄士隐急忙去接待，让贾雨村在书房里等待片刻。

其间贾雨村忽听窗外有人咳嗽，抬头一看，见一个丫鬟正在花园中摘花。这个姑娘眉清目秀，颇有几分姿色，他不禁心动，一时看呆了。

丫鬟见状赶紧转身回避，边走边想："这人相貌堂堂却衣衫破旧，想必就是主人常说的贾雨村了。"如此一想，她心中的警惕便减了几分，又回头了一两次，才匆忙离开了花园。而贾雨村也没在甄府上待多久，打听到客人会留下来用餐后他就起身告辞，回到了庙中。

其实两人只是打了个照面，并无什么关系。但在贾雨村眼里就不一样了。

古时候很多书生自恃清高，喜欢幻想，想象自己哪天中了状元，要如何白日衣绣①，如何一洗受过的屈辱，如何辅助朝廷、匡扶社稷。每每想象完，又总要感叹一下自己的怀才不遇，如此才好排解生活中的苦恼。

这种想象不限于功名利禄，有时还会拓展到情感方面。古代的很多爱情小说写的都是穷书生和富家小姐的故事，之所以会这样，是因为写这些小说的人很多就是书生，他们在幻想自己的爱情。

因此，贾雨村见姑娘回头看自己，以为自己的才华和相貌让姑娘动了心，便一厢情愿地把姑娘当作红颜知己。

从这以后，贾雨村时常在庙里吟诗，排解心中的忧愁。

另一边，甄士隐知道贾雨村有志向，想接济他，便借着中秋节，邀他一同饮酒赏月。酒过三巡，两人酒酣之际，贾雨村诗兴大发，吟诗一首，甄士隐听完大叫"妙极"，恭贺他定将飞腾。

贾雨村闻言苦涩地说道："只是实在是囊中羞涩，京城又远，行李路费都无法筹措……"

甄士隐立刻表示，钱的事他来解决。事实上，他早就有心资助，但怕唐突，才没主动提钱。

随后，甄士隐拿出五十两白银和两套冬衣交给贾雨村，让他进京赶考。第二天贾雨村就离开了。如此他的故事暂且先放在一边，我们接着说甄士隐的故事。

甄士隐继续过着安宁日子,他心地善良,不慕荣华富贵,也从不招惹是非。转眼间,元宵节到了,甄府到处张灯结彩,准备欢度佳节。

还记得前面僧人念的两句诗吗?"好防佳节元宵后,便是烟消火灭时。"这是留给甄士隐的预言。

可惜的是，甄士隐连一僧一道都忘了，自然不可能记得他们的话了。眼看街上处处挂起了花灯，甄士隐便叫来一个名叫霍启的家仆，让他带着女儿英莲出去转转，看看热闹。

问题就出在了霍启身上。霍启霍启，祸事由此而起。英莲英莲，姑娘实应可怜。似乎是命中注定的灾劫。当天晚上，霍启带着小英莲在街上闲逛，走着走着，突然想上厕所，便把小英莲放在一户人家门口，让她原地待着别动。

霍启觉得，上厕所也就不到一分钟的事，英莲又听话，让她一个人待一会儿应该没什么大碍。然而他忘了，这世上有的是不怀好意的人，就这会儿工夫，不知从哪儿来了个骗子，三句两句一哄，伸手一抱，就把小英莲拐走了。

等到霍启上完厕所回来，小英莲早已不见了踪影，他寻找到天明，仍一无所获。

丢了小主人，怎么跟老爷交代啊？若是老爷报了官，官府岂不是要拿他是问？想到这里，霍启一咬牙一跺脚，头也不回地逃亡去了。

霍启这一跑把甄士隐坑苦了。他若是不走，官府还能查一查英莲是何时何地失踪的，他这一走，官府连人在哪儿丢的都不知道，根本无法展开搜查。得知女儿失踪之后，甄氏夫妇昼夜哭泣，甄士隐大病一场，差点儿没挺过来，他的夫人也思女成疾，日日请医看病，寻卜问卦。他们想尽办法要找回女儿，可一直杳无音信。

常言道，"福无双至，祸不单行"，女儿走失只是甄家的第一场灾祸。当年三月十五，葫芦庙中突然起了一场大火。当地多用竹篱木墙，一点就着，顷刻之间，火势迅速蔓延，整条街都淹没在烈火之中。

人们虽然奋力抢救，但那时既没有消防车，又没有灭火用的喷枪水泵，靠人提桶泼水，如何阻挡得了熊熊火势？待到大火停息，整条街都被烧成了废墟。甄家就在葫芦庙隔壁，自然逃不过此劫，一夜之间被烧成瓦砾。

连遭两场灾劫，这个原本富足的家庭已然濒临崩溃。为了维持生计，甄士隐带着家人离开城里，搬到城郊的田庄居住。然而正值灾年，粮食绝收，到处都是打家劫舍的山贼强盗，田庄三天两头受到侵扰，甄士隐夫妇提心吊胆，生怕哪天被人打劫，丢了性命。

见这里难以安身，不久后甄士隐又卖掉田庄，遣散大部分家仆，只留下两个丫鬟照料患病的妻子，一行人离开家乡，投奔岳父去了。

寄人篱下的滋味自是不好受，但总没有性命之忧。他还盘算，等到了岳父那里之后，用自己仅剩的银两买一间小屋、三五亩薄田，过一过田间隐士的生活。

甄士隐这人的确乐观，即便接二连三遭难，仍能打起精神，想方设法地维持生计。如果放在当下，像甄士隐这样努力而乐观的人，相信他能东山再起。

奈何故事只是故事，而《红楼梦》讲的就是红尘苦短、世事无常。书中人物的遭遇，甚至是名字，就能体现这一点。曹雪芹借助它们来批判腐朽黑暗的封建社会。

甄士隐，暗指把真实的事隐去；贾雨村，暗指把隐去的真相用假言假语留存下来。《红楼梦》虽是一部虚构小说，但展现了真实的封建社会场景。

曹雪芹把甄士隐的苦难推到极致。如果说甄士隐之前遭遇的是天灾，那么接下来他将遭遇的，则是实打实的人祸了。

甄士隐的岳父叫封肃，家里世代务农，虽说家境比较殷实，但社会地位不高。古时候士、农、工、商阶层森严，甄士隐属于"士"的阶层，当年封肃把女儿嫁给甄士隐算是"高攀"。

但如今甄家已败落，封肃的脸立马垮了下来，他语气冷淡地问道："你们来投奔我，不知打算如何生活呢？"

言外之意就是，你们别指望我会管你们饭，怎么生活下去是你们的事。

甄士隐赶紧告诉岳父："我们已经想好了，我这里还有一些银两，打算请岳父帮忙在附近买块地，我们夫妻也好过日子。"

一听女婿手里还有钱，封肃的脸色又变了，再次挂上笑容——这就叫作见钱眼开。他急忙接过女婿手里的钱，满口答应："我肯定给你们买一块最肥沃的地。"

封肃真的有这么好心吗？当然不是。钱到手之后，他自己先贪下一大半，然后拿着剩下的钱，买了一幢破房子、几亩贫瘠的薄田给了甄士隐。

看着眼前的破房烂地，甄士隐欲哭无泪，岳父的无耻远超他的想象，竟然为了一点儿钱财坑害自己的亲女儿和亲女婿。可他又能怎么做？无奈之下，他只能住进了破房子，靠着两亩薄田艰难维生。

甄士隐是读书人，从没下地干过农活，也不会干，越发穷困。岳父则成天当着外人的面埋怨甄士隐好吃懒做。

几年下来，这种精神和肉体的双重折磨，让曾经意气风发的甄士隐变得苍老异常，贫病交加，渐有将死的迹象。

之前说过，曹雪芹给书中人物起的名字都有一定含义。封肃便是风俗，即民风习俗，他的贪婪并不是个例，而是当时的人大多如此。甄士隐落到如此下场，也是时代造成的悲剧。

一天，甄士隐拄着拐杖来到街边散心，忽见远处来了一个跛脚道人，穿着麻鞋鹑（chún）衣[2]，疯疯癫癫。此人正是一僧一道中的道人，特地前来点化甄士隐。

而仙人的点化讲究一个"悟"字。比如，仙人念一段歌词暗语，听者若能因此悟道，就能跟仙人走了；若不能悟道，就说明他机缘未到，得继续在凡尘里翻滚。眼下情况就是这样，跛脚道人边走边唱一首歌：

世人都晓神仙好，惟有功名忘不了！
古今将相在何方？荒冢一堆草没了。

世人都晓神仙好，只有金银忘不了！
终朝只恨聚无多，及到多时眼闭了。
世人都晓神仙好，只有姣妻忘不了！
君生日日说恩情，君死又随人去了。
世人都晓神仙好，只有儿孙忘不了！
痴心父母古来多，孝顺儿孙谁见了？

说的是世人都知道当神仙的好处，都想成仙，却成不了仙，因为他们放不下功名利禄和心中的执念。不过，甄士隐听不懂这些话，他听不到里面的功名利禄，只听到好些"好""了"。

他上前拦住道人问："你满口唱的是什么？只听到些'好''了'。"

没承想，道人笑了，说道："你如果只能听见这两个字，说明你已经悟了。须知世间万般事物，好便是了，了便是好；若不了，便不好；若要好，便要了。我这首歌啊，就叫作《好了歌》。"

甄士隐历经磨难，又有慧根，立即彻悟。于他，过去富贵的生活叫好生活，但现在只要能让他从苦难中解脱出来就是好生活。至于怎么解脱，就是放下对财富的执念，放下生活的重担，把这些都放下了，苦难也就结束了。

他告诉道人："你的《好了歌》我已经懂了，且听我注解给你听。过去歌舞升平的地方，一场动乱过后，便化作一片枯草瓦砾。过去雕梁画栋的府邸，一段时日之后，也总会挂满蜘蛛网。命运本无定数，曾经的达官贵人说不定哪天就戴上了枷锁，而过去的穷酸腐儒却可能登堂入室做了国之栋梁。到头来，世间的故事就是你方唱罢我登场，多少人费尽心机，却也只是为他人作嫁衣裳。"

甄士隐的这番回答，与《好了歌》的内容完全呼应，说的都是命数无常，俗世中的功名利禄不过是过眼云烟，说不定还是为他人作嫁衣，唯有放下，才能超脱凡尘。

道人听后十分满意，抚掌大笑，称赞甄士隐解得准确。

甄士隐看破红尘，知道自己该离开了。他伸手取过道人肩上挂着的行囊，往自己肩上一搭，就与道人一起飘然而去。至于他结局如何，这留到以后再说。

甄士隐走后，其妻子失去了依靠，只能带着两个丫鬟都住进了封家，靠着父亲过活。

她托人去寻过甄士隐，可甄士隐随仙人而去，又如何找得到？她知道父亲对自己不满，但也没别的地方可以投奔，只得平日里带着两个丫鬟做些针线活，补贴家用。

日子一天天过去，直到这日，一群差役突然来到封家门口，一边咣咣地使劲敲门，一边嚷嚷："县太爷要找你们问话！"

封肃平时亏心事办得多，看见差役有点儿发抖。他赶紧出来迎接，却不想为首的差役说道："请甄爷出来一趟。"

封肃忙赔笑道："府上只有小婿姓甄，已经出家一两年了，不知你们找的是不是他？"

差役们十分蛮横地说道："既然你女婿姓甄，那就你跟我们走一趟吧，好回禀了太爷。"说罢，不由分说地推搡着封肃走了。

到底是怎么一回事呢？

诗词欣赏

为他人作嫁衣裳：意思是白白为他人辛苦忙碌，出自唐代秦韬玉的《贫女》，诗人借此抒发自己的怀才不遇。

贫女 唐 秦韬玉

蓬门未识绮罗香，拟托良媒益自伤。
谁爱风流高格调，共怜时世俭梳妆。
敢将十指夸纤巧，不把双眉斗画长。
苦恨年年压金线，为他人作嫁衣裳。

识词释义

❶**白日衣绣**：亦作白日绣衣，出自汉代应劭的《风俗通·怪神》："以二千石之尊过乡里，荐祝祖考，白日绣衣，荣羡……"意思是有了功名富贵后向乡里夸耀。❷**麻鞋鹑衣**：麻鞋即用麻编的鞋子，鹑衣指破旧的衣服，出自《荀子·大略》："衣若县（悬）鹑"。鹑鸟尾秃，似破烂衣衫。

第3章 红颜易得恩难报

事实上，这县太爷不是别人，正是当年的穷书生贾雨村。那年他考中进士，被分配到京城外做官，如今又被朝廷任命为县令，刚好来到封肃所在的州郡任职。

这天是贾雨村刚刚到任的日子，按照惯例，他坐着轿子在城里巡视一圈。就在巡视途中，他在路边看到一个熟悉的人影。

甄家的大丫鬟此刻正在门前的小摊儿上买针线，她一边回避官府的人一边好奇地看过去，视线刚好跟贾雨村对上了，只觉眼熟，未放心上。

贾雨村却瞬间就想起来：这不就是我曾经的红颜知己吗？今日能再得相见，实在是我的福分。

于是他立刻派差役来请甄士隐，并想圆了得佳人的夙愿。

见到封肃后，他问了恩人状况，又问了其女情况，想帮忙照看以报恩，得知孩子看灯丢了，就说："我务必差人找回来。"谈话间他得知红颜知己名叫娇杏，是甄夫人的贴身丫鬟，甚是高兴。

只是身为官员，他不好当面直接跟封肃要人，给了封肃二两银子就差人把他送回家中。次日，贾雨村又差人送来两大包白银、四匹锦缎，名义上是送给甄夫人以报答甄士隐的大恩。但私下里，他让人给封肃送了封密信，托他让甄夫人把娇杏送予自己。

封肃欢喜得眉开眼笑，巴不得奉承县太爷，当天晚上就火急火燎地找来一顶轿子，把娇杏送到了县衙内。

贾雨村别提有多高兴了，他又送了封肃好多银两，给了甄夫人许多礼物。

对于娇杏来说，眼前的经历就像一场梦一样，昨日她还是给人端茶倒水的下人仆役，今日就嫁给了县太爷，她怎么也想不到，自己的荣华富贵竟源自当年无意间的一个回眸。她自跟了贾雨村，只一年就生了一个儿子，又过了半年，就被扶为正室，可谓"命运两济"。

娇杏娇杏，世道无常，功成名就者多是"侥幸"。在《红楼梦》中，不仅有甄士隐这般家道轰然败落的可怜人，也有娇杏这样陡然富贵的好运者。这正应了甄士隐悟道时的那番话，功名利禄本无定数，世间的故事就是你方唱罢我登场。

说回贾雨村，谁料想此后还不到一年的时间，他这县令就干不下去了。这与他的品行有关。

他恃才傲物，看不起别人，当官之后，仗着自己有才学，常跟顶头上司叫板，惹得上司很不高兴。

更重要的是，他还贪财，收受贿赂，滥用酷刑。

贾雨村既做了这些丑事，又得罪了上司同僚，不久就被人在皇帝面前参了一本。皇帝龙颜大怒，即刻下诏，将贾雨村革职。

不过，此时的贾雨村却一点儿也不慌，还和平常一样嬉笑镇定。他先把官府里的公事交接完，随后托人将他多年攒下来的积蓄和一家老小一同送回了老家。他自己则放下一切包袱，担风袖月，无忧无虑地游历四方去了。

之所以如此，一来是因为贾雨村好面子，即便丢了官，也不想失了体面；二来是因为当时的社会风气如此，官场上贪污成风，贾雨村只是"不幸"被人捅出来。皇帝不可能记住这么一个小人物，只要再有机会，攀上一些达官贵人，贾雨村仍能重返仕途。

而且他游历四方，一来是游山玩水，二来也是顺便走访各地贵人，看能不能再找个攀龙附凤的机会。

没过多久，这机会真被他找着了。扬州地区有一个叫林如海的官员，此人官至巡盐御史、兰台寺大夫。

所谓巡盐御史，是指皇帝钦点的到各地督办盐税的官员，有权直接面见皇帝，是手握实权的大官。而兰台寺大夫则是作

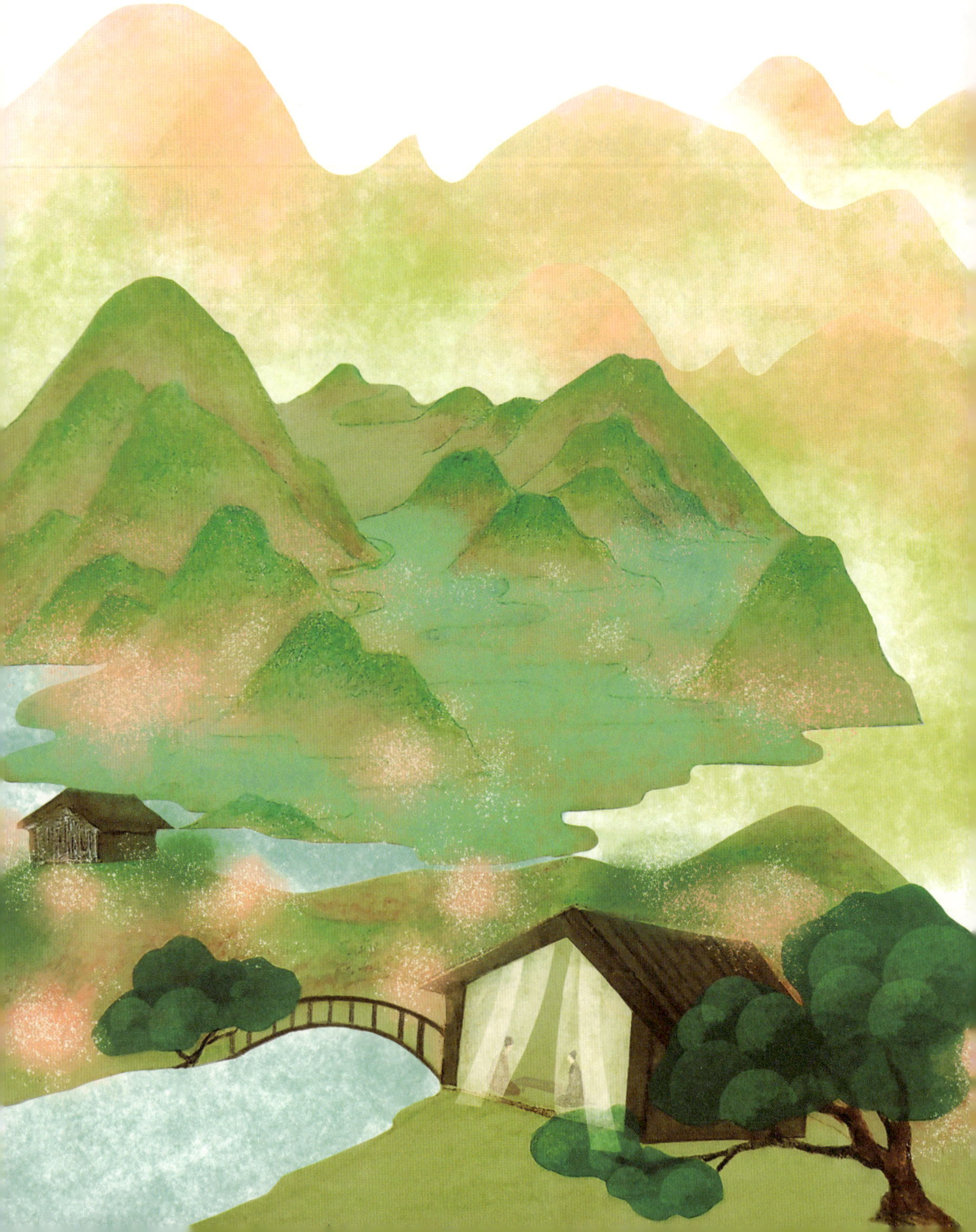

者虚构的官职，大致相当于明清时期的监察御史，负责弹劾各地的违法官员，也是一项颇有权力的职务。

林如海育有一儿一女，奈何儿子命数不济，三岁便染病离世，只剩一个女儿，年方五岁，林如海夫妇爱她如掌上明珠。女儿聪慧清秀，林如海便打算请一位老师来教女儿读书认字。

彼时，贾雨村刚好路过扬州偶感风寒，又盘缠用尽，决定在当地找个工作，他的两个旧友就推荐了他。

林如海对贾雨村很满意，贾雨村对这个工作也很满意，因为它着实轻松。林如海的女儿名叫黛玉，哪里都好，就身子骨不好，时常请假休息。贾雨村落得清闲，就走遍了扬州附近的名胜古迹，日子过得十分惬意。

到了第二年，黛玉的母亲贾氏不慎染病离世，本就虚弱的黛玉整日哭泣哀伤，身体就更差了，好长时间不上课。这日，贾雨村闲来无事，出门郊游，走着走着来到一个山林茂密之处，见隐隐似有一座庙宇。

贾雨村心中好奇，就打算去探一探这座深林中的古庙。

只见这寺庙破败不堪，别说香客，连香炉都没有，甚至院墙都倒了。唯一让贾雨村感兴趣的，便是寺庙门口的牌匾了。门额题名"智通寺"，两边有一副对联，上面写道：

身后有余忘缩手，眼前无路想回头。

正好与贾雨村的际遇相合。"身后有余忘缩手"，说的是贪官污吏的欲望没有尽头，明明已经聚敛了不少财富，却还是不肯收手。而不收手的结果，就是"眼前无路想回头"，等贪腐之事被查、走投无路的时候，他们才想起回头是岸，可惜一切都晚了。

贾雨村见这副对联文浅意深，想着里面也许有觉悟得道的高人，就迈步而入。让他意外的是，寺庙里只有一个昏聩（kuì）老僧，根本听不清他问的是什么，答非所问。贾雨村顿感无趣，离开了寺庙，至于门口的警示对联，也很快抛诸脑后。

他全然没有领悟到，智通寺的"智通"，乃是有智慧者方能通晓的意思。忘却警告，便是不智。不智不通，这就为他日后又因贪腐获罪埋下了伏笔。

贾雨村离开智通寺后，就去了一家小酒馆，打算要些酒菜增添野趣。结果刚进门，就听酒馆里有人笑道："真是奇遇，奇遇啊！想不到在这里遇到老先生！"

贾雨村抬眼一看，原来是旧相识。

此人名叫冷子兴，是一个古董商人。当年贾雨村考中进士之后，在京城停留过一段时日，认识了他。贾雨村觉得冷子兴有能力，能说会道，别人搞不定的事他能搞定，因而经常托他替自己做事。冷子兴也很敬重贾雨村，士农工商，商人地位最低，冷子兴急需一个体面的朋友来充面子，刚刚考中进士的贾雨村很能满足冷子兴的需求，因而两人一拍即合，结为朋友。

今日在村野间相见，贾雨村很是惊讶。他一声长叹，将这些年的经历一一道来，包括被免职，在林如海门下谋差事等。冷子兴让酒馆小二又上了壶酒，两人边喝边聊。

之前说过，贾雨村是有野心的，如今虽被贬官，但也总想着东山再起，如今见了京城来的朋友，不免要打听一下京城的近况，看看有没有机会。

冷子兴是个聪明人，自然知道贾雨村的意思。他想了想，说道："我回乡之前，京城里倒是没什么大事，不过听说老先生的同宗①家里，发生了一件奇异的事。"

贾雨村一时摸不着头脑：他孤苦伶仃，哪儿来的京城本家啊？

冷子兴笑道："老先生姓贾，荣国府和宁国府也姓贾，论起来，你们怎么不算一族？"

贾雨村这才明白，原来说的是贾家。

他一本正经地答道："老兄有所不知，我们贾家的祖宗是东汉时期的大臣贾复，自那以来，支派繁盛。按理说，我跟荣国府一支，确实算是同谱同族。但代代传下来，贾家既有豪门也有寒门，彼此互不干涉。如今荣宁二府荣耀富贵，我等实在不便去攀附，就越发生疏了。"

这话说得很有水平，贾雨村也知道自己跟人家没关系，但他给自己留了余地：我们千百年之前确实是同一个祖宗，但这关系我想攀却攀不上，因为人家地位太高，我没攀附的门路。

冷子兴心领神会，说道："老先生别这样说。别看荣宁二府现在这么富贵，可已有萧疏败落的迹象，不比以前的光景了。"

听冷子兴这么说，贾雨村立刻开始有技巧地打听起荣宁二府的近况来。

"前些日子我游历四方，欲览六朝遗迹，去过金陵，经过荣宁二府宅前。我看两座宅子气势恢宏，光是面积就占了大半条街，宅子里也是雕梁画栋。如此奢华，怎么就有衰败迹象了？"

冷子兴闻言笑道："亏你还是读书人，怎么不懂'百足之虫，死而不僵②'的道理呢？贾家几代积攒下的财富，垮也不是一朝一夕的事。我说他们有衰败迹象，是说他们如今的做派。你也知道，要维持这份富贵，平日里得雇多少用人？这些用人吃穿用度，每日要花多少钱？除了日常开销，逢年过节贾家还得搞一些排场。这么折腾下去，再多的钱迟早也会被掏空。要说这还不算是大问题，钱花得多还可以挣，但如今贾家儿孙不肖，后继无人，一代不如一代，可不就是要败落了吗？"

贾雨村纳闷地说："贾家这样的诗礼之家，岂有不善教育之事？不应最是教子有方吗？"

冷子兴笑着摇了摇头，说："看来你对荣宁二府一点儿都不了解，我从头给你讲讲吧。"

说着冷子兴又给自己倒了杯酒，边饮边讲。他告诉贾雨村："宁国府和荣国府，得名自宁国公和荣国公。两人是亲兄弟，早年间立下大功，得到朝廷封赏，打下了两家的百年基业。

"两家之中，宁国公居长，生了四个儿子。宁国公死后，贾代化袭了官，也养了两个儿子，老大早死，故后来由次子贾敬袭了官。但贾敬不爱做官，天天在家修道炼丹，就让儿子贾珍承袭了官位。这便是如今宁国府的大老爷。不过，贾珍从小就是个调皮捣蛋的人，平日里不爱读书，府上也没人敢管他。他有个儿子叫贾蓉，年方十六，也是一味寻欢作乐。你说，宁国府有如此后人，这不是有了败落之相吗？"

贾雨村听了若有所思，随即问道："宁国府不行，不还有荣国府吗？"

冷子兴叹了口气，接着说道："荣国府倒是人丁兴旺，但情况也不太妙。我方才说的奇事，就出自荣国府。

"荣国公死后，他的长子贾代善承袭了官位，并迎娶了金陵世家史侯的小姐。史家小姐生了两个儿子，大儿子叫贾赦，二儿子叫贾政。本来只有贾赦能继承荣国公的位子，但皇帝体恤其父，除了让贾赦袭了官，还额外提拔了贾政。如今兄弟二人都做了官，可以说是同享富贵。

"贾政娶了王氏，两人很早便生下一子，取名贾珠。本来这孩子挺有出息的，奈何身体不好，不到二十岁便得病死了，留下一子。王夫人生的第二胎是位小姐，生在大年初一，奇吧。更奇的是，后来王夫人又生了一个儿子。听说这男孩出生时嘴里衔着一块五彩晶莹的宝玉，上面还有许多字迹。你说这是不是新闻异事？"

贾雨村来了兴致："确实奇异。我听说古代有奇人降生之时，世间必有异象，想来这个孩子来历不小啊。"

不想冷子兴却冷笑道："大家都这么说，因而他祖母爱如珍宝。结果这孩子周岁的时候，政老爷搞了场抓周③仪式，在他面前摆了各种物件让他随便抓。若抓了朝珠，意味着将来能继承官位；若抓了毛笔，将来可能是个文人。可你猜这孩子最终抓了什么？嘿，他直接抓了一些胭脂水粉、金钗玉环！政老爷当时就怒了，说这孩子将来必是酒色之徒。说来也奇，这孩子虽异常淘气，但非常聪明，一百个人也不及他一个。但谁知他说话也奇怪，说什么女人是水做的骨肉，男人是泥做的骨肉；我见了女人便觉得清爽，见了男子便觉得浊臭逼人。你说说看，能说出这种话的，不是好色之徒是什么？"

说罢，冷子兴自顾自地大笑起来，不想贾雨村却罕见地一脸严肃地说道："可惜你们不知道他的来历啊！"

贾雨村又有何高见呢？

诗词欣赏

担风袖月

原著中描述贾雨村被革职后,"自己担风袖月,游览天下胜迹"。元代洪希文《倦寻芳·春词》"尽游赏吞花卧酒,握月担风,谁诉离绪",以及唐代齐己《同光岁送人及第东归》"还家几多兴,满袖月中香",都有提及。用以形容古代士大夫抛弃功名利禄后,无拘无束、没有负担地四处游山玩水,陶冶情操。

识词释义

❶ **同宗**:指同出于一个大家族的人,后来泛指同族或同姓。 ❷ **百足之虫,死而不僵**:出自三国魏曹冏《六代论》:"'百足之虫,至死不僵',扶之者众也。"形容有实力的贵族家庭即便已经衰败,也不会立刻倒塌。 ❸ **抓周**:一种流传至今的旧时风俗。婴儿周岁时,人们会陈列各种玩具、生活用品等任其抓取,以预测婴儿将来的志趣和事业。

第4章 林如海送女进京

贾宝玉确实与众不同，不喜功名利禄，不爱富贵钱粮，就喜欢跟姐妹们待在一块儿。在封建时代，君子不近女色。如果一个男子总喜欢跟姑娘玩在一起，会被认为没出息、没志气，所以冷子兴十分瞧不起贾宝玉，他说贾家有败落之相，也是在说贾宝玉不成器，将来继承不了家业。

不过，贾雨村对此却有不同见解。贾雨村告诉冷子兴，世上共有三种人，一种大仁大义，一种大奸大恶，还有一种是寻常可见的普通人。

大仁大义之人，生来就是要兼济天下、拯救万民，如尧、舜、禹、汤、文、武、周、召、孔、孟等圣贤。而大奸大恶之人，生来就是要扰乱天下、残害生灵，像是蚩尤、共工、桀、纣、始皇等。在动乱年代，这两种人可以左右天下形势，但在如今的太平时日，这两种人就不那么容易出现了。

这些话让冷子兴不明所以，问道："这和这孩子有什么关系呢？"

贾雨村不慌不忙，接着说道："在太平时日，人世间的大仁大义和大奸大恶之气得不到释放，便会相互交融，产生一种灵秀之气。这种灵秀之气，由正邪二气融合而成，故兼具两者的特点，上不能像大仁大义之人那样匡扶朝政，下也不会像大奸大恶之人那样为害一方，它只会让人才华横溢，却乖僻邪谬、不近人情。"

说到这儿，冷子兴明白了几分。

贾雨村继续说："得了灵秀之气的人，如果生于富贵豪门，就会成为风流公子、情痴情种；如果生于书香门第，就会成为隐士高人；就算出生在贫贱寒门，这些灵秀之人也绝不会成为遭人奴役驱使的仆从，他们不甘心为庸人效力，只会选择成为诗人或者艺人，展露自己的才华。说到底，他们成为什么样的人物，取决于他们的出身。你觉得这孩子不成器，不过是因为他生于富贵豪门，不符合继承家业的标准罢了。"

贾雨村的话，点出了历史上许多悲剧的根源。事实上，许多历史人物之所以遭到诟病，就是因为他们出现得不合时宜。比如北宋的末代皇帝宋徽宗，他才华横溢，琴棋书画无所不通，从艺术的角度讲，是不折不扣的大才子。但问题在于，他生于帝王之家，是治理天下的皇帝，他的艺术才华在治国方面一点儿用都没有，致使北宋灭亡，自己沦为俘虏。又比如南唐后主李煜，写出的诗词千古流传，但归根结底还是一个不合格的皇帝。贾雨村后来又聊到自己遍游各省，像这样异样的孩子也曾见过两个。

二人又闲谈了一阵，谈到荣国府的老爷贾赦、贾政有一个妹妹，名叫贾敏，年龄最小，深得贾母和两个哥哥的宠爱。这个贾敏不是别人，正是林如海的夫人。后来他们见天色晚了，决定进城再聊，打算结账离开，忽然有人冲进酒馆，对着贾雨村说道："雨村兄，雨村兄，好消息啊！"

来者是贾雨村当官时的一个同僚，名叫张如圭（guī）。

贾雨村被弹劾丢了官，张如圭也同时被免职，就在附近居住。这个人被免职后一直四处打听，听说最近朝廷人手不足，要提拔一批被免职官员，于是赶紧四处找门路，想要重新得到录用。刚好在这里遇到贾雨村，便把这个好消息告诉了他。

冷子兴见状当即给贾雨村支着，让他去找林如海帮忙。

冷子兴边笑边说："雨村兄，我让你去求林如海，还因为他能帮你和荣国府搭上关系。荣国府的贾老爷是皇帝面前的红人，有他推荐，不就万事大吉了？"

贾雨村茅塞顿开，他急忙辞别了冷子兴，火速赶回林府。次日，贾雨村便去面见林如海，提出自己想到京城任职，希望得到林如海的举荐。

无巧不成书。不久之前，林如海的夫人贾敏去世，消息传到京城，一向宠爱小女儿的贾母伤心不已，老人家思念女儿，又可怜其女黛玉小小年纪便没了母亲，于是写信给林如海，想把林黛玉接到京城，由自己这个外祖母照看。本来贾母已经安排了船只来接，但当时黛玉染病未痊愈，没能出发，这事也就耽搁了。

现在林如海正打算送她去京城，贾雨村刚好也要去京城，他便打算让贾雨村同行前往。林如海是个知恩图报的人，他感谢贾雨村教自己女儿读书，愿意把这个看上去忠厚老实的书生推荐到自己的大舅哥门下，就连因此产生的资费都考虑到了，让贾雨村不要多虑。

贾雨村听后别提多兴奋了，但他还是委婉地跟林如海确认了他跟贾赦、贾政的关系。之后，两人商议好出发的日期，准备好礼物盘缠，林如海将推荐信交给了贾雨村。

到了出发那一天，林如海来到码头为女儿送行。小黛玉哭得梨花带雨，不想跟父亲分别。但林如海告诉她，自己年已半百，无续娶之意，她上无亲母教养，下无姐妹扶持，身体又不好，不如去京城，有外祖母和表亲们的照顾，想来对她更有好处，自己也能够安心。听了父亲的话，小黛玉懂事地点点头，挥泪与父亲告别，与贾雨村一同踏上了进京的旅途。

男女授受不亲，他们虽然同行，但赶路的方式自有讲究。二人走水路前往京城，林如海为他们准备了两艘船。贾雨村乘坐一艘，有两个童仆照顾生活。林黛玉乘一艘，身边跟着自己

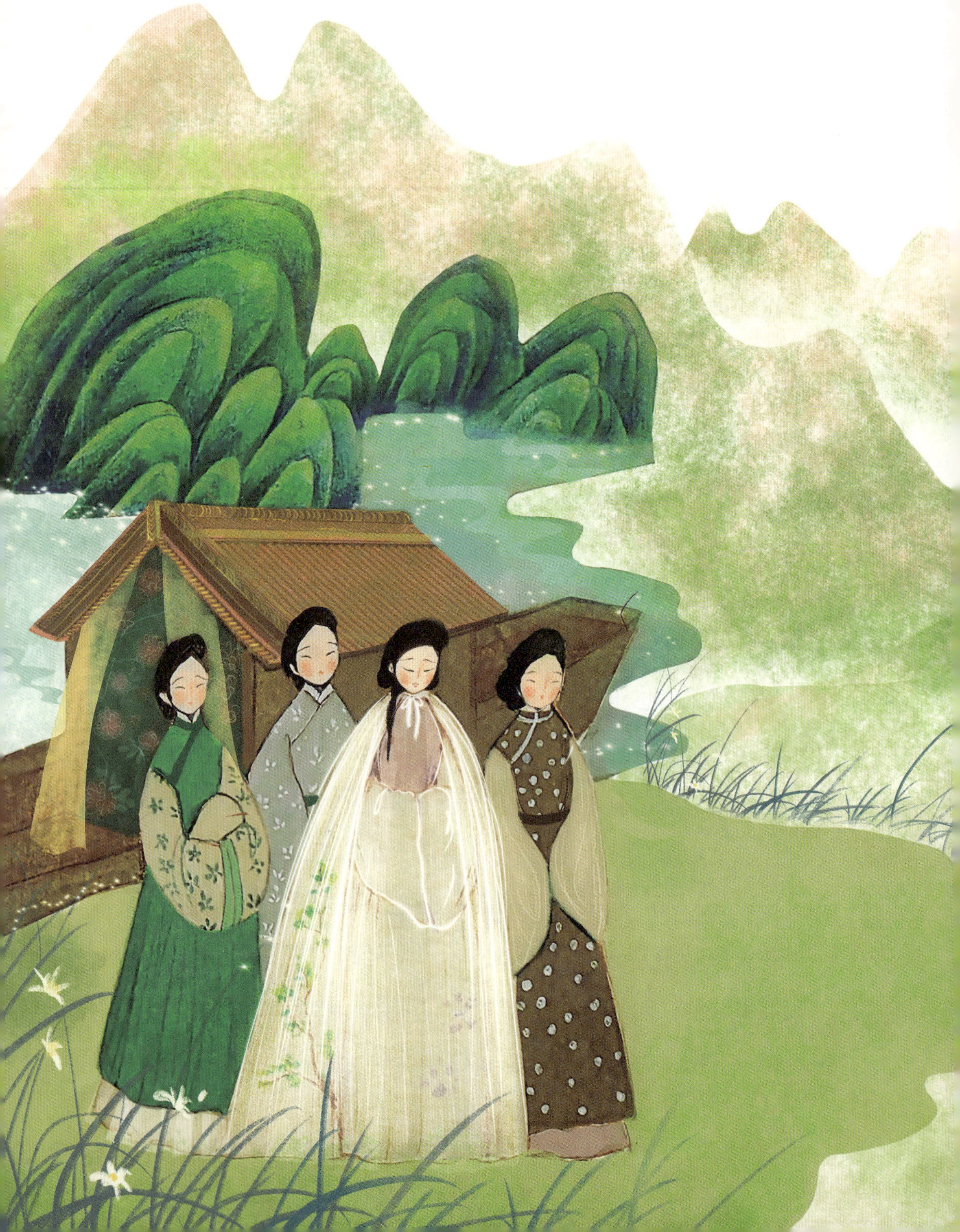

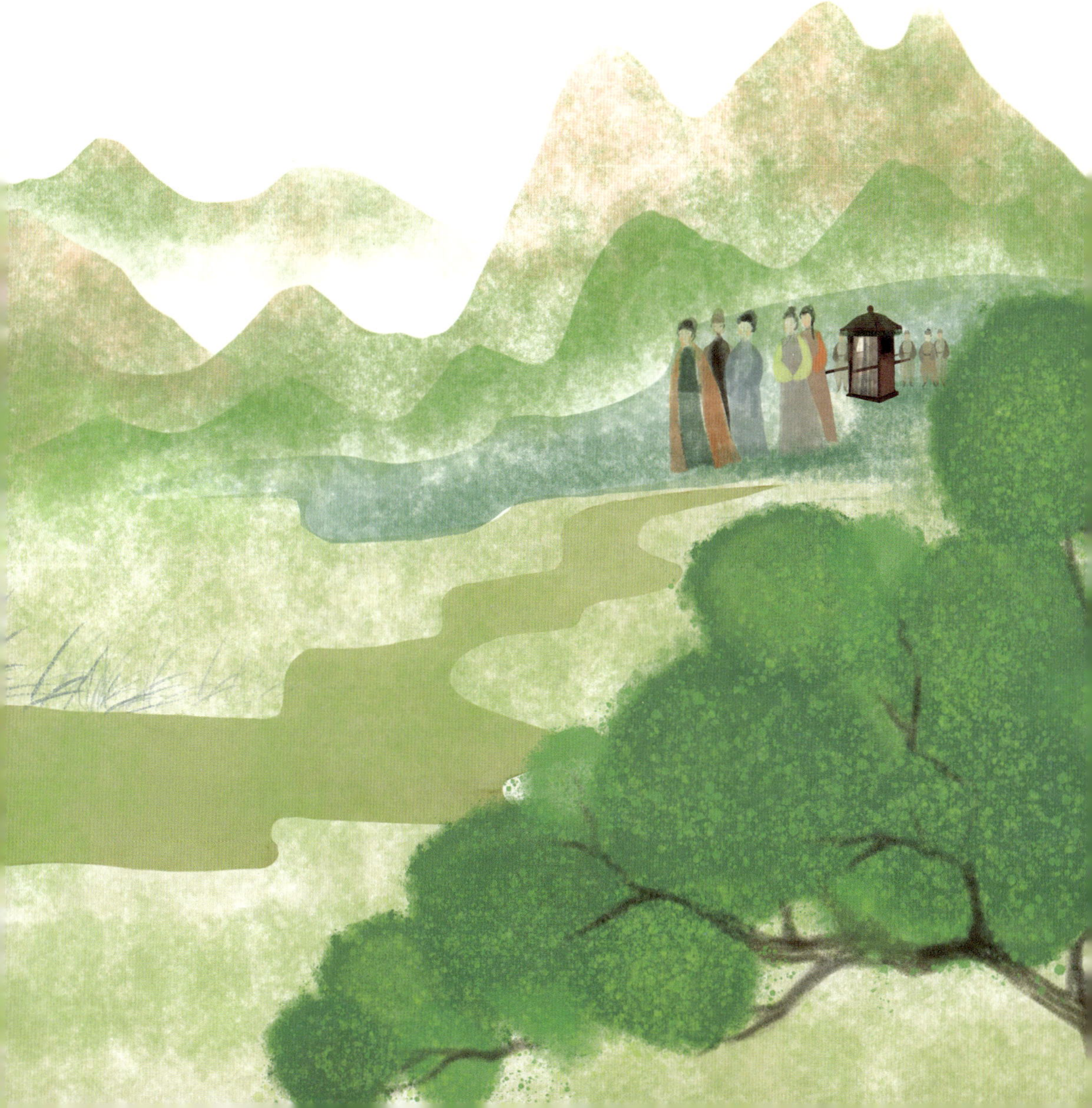

的奶娘和荣府的几个老妇人。

一段时间后，他们到达了京城。京城这边早有准备，林黛玉一行人一下船，便有荣国府的人抬着轿子到码头迎接。贾雨村是外人，荣国府的人便拿走了他的推荐信，给他另外安排了住处。贾雨村需要另找一天正式登门拜访。

第二天，贾雨村整理好衣冠，带着童仆，拿着"宗侄"的名帖[1]，前往荣国府拜见。宗侄就是指同宗族的侄子，贾雨村给自己找了个同宗同族的身份，以拉近和贾家的关系。

不过，于荣国府这样的富贵之家来说，平日里像贾雨村这样来攀亲戚的人众多，贾政早已见怪不怪。他没有深究身份问题，他看重的是，此人是妹夫林如海推荐来的。要知道，林如海是探花[2]，学识才能都很出众，他看中的人水平肯定差不了。

贾政是个礼贤下士的人，对待读书人一向彬彬有礼，遇到良才总要尽力举荐。如今见贾雨村言谈得体，相貌魁伟，还是自家宗侄，综合起来，贾政岂有不喜欢的道理？

两人相谈甚欢，贾政很快找了机会上书朝廷，帮贾雨村恢复了官职。不到两个月，贾雨村就谋了个金陵应天府的职位。这之后贾雨村辞别了贾政，兴高采烈地上任去了。他的故事就暂且放一放，接下来说说刚到京城的林黛玉。

诗词欣赏

梨花带雨

你可知，我们形容美女流泪时常用的"梨花带雨"，出自唐代白居易的《长恨歌》："玉容寂寞泪阑干，梨花一枝春带雨。"原用来指杨贵妃哭泣时的玉容，就像沾了雨水的梨花，后逐渐用来形容女子的娇美。

识词释义

❶名帖： 也就是名片。明清时官场拜谒，拜访者常在红纸上写下自己的姓名、官衔等，交给受拜访的一方。　**❷探花：** 古代科举制度中殿试一甲的第三名称为"探花"。唐朝的进士及第后会在杏园举行探花宴，选两三位年轻俊俏的人作为探花使，游园摘花。南宋以后才专指第三名。此外，第一名称为"状元"，第二名称为"榜眼"。

第5章 富贵人家规矩多

黛玉出身于富贵人家，父母也都是有身份的人，平日身边也少不了仆人伺候，可是那日下船被接到荣国府之后，还是开了眼界。

她坐着轿子而来，从纱窗中往外看，忽然看到两个巨大的石狮子，立在大门两旁，气势磅礴。行至大门口，又见宏伟的三间兽头大门。

所谓三间，说的是大门由三间门房组成，中间门房位置是正门，门上有镶金的兽头作为装饰，左右两间门房供看家护院的家仆居住。在古代，只有王公大臣才有资格建这样的大门。大门正中挂着牌匾，上书五个大字"敕造宁国府"。皇帝亲自下诏赏赐让建的才能叫"敕造"，多么荣光。牌匾下立着十来个衣着华丽的家丁，分左右两列站好，个个神情肃穆威严，排场很大。

只是这么宏伟的正门并不常打开，只有逢年过节或是有贵客来访才会打开。黛玉想道："这是外祖家长房所居处啊。"他们继续往西走没多远，又是三间大门，方到了荣国府。只是黛玉虽然是贾母的外孙女，但也算不上贵客，按规矩从西边的角门进入。

轿子进门后走了不远，抬轿子的人便把轿子放下，转身恭恭敬敬地退了下去。因为按照荣国府的规矩，这些下级仆役是不能往里进的。另换了四个十七八岁面目清秀的小厮，上前抬起轿子继续往里面送。

等到了一座叫垂花门的门前时，轿子落下，这四个小厮退下了。这里就是内院和外院的分界处。中国古代有个说法，叫"大门不出，二门不迈"，其中大门指的便是整座院子的大门，二门说的就是通往内院的垂花门。

落轿后，几个婆子上前，撩开了轿帘，扶着黛玉走进了垂花门。进门之后，黛玉看到一片富丽堂皇的景象。左右两条游廊，正中是穿堂，有一面紫檀架子大理石的屏风，屏风后有三间小厅房。厅后就是五间正房，皆雕梁画栋，两边是厢房，外面挂着许多鸟笼，养着各色鹦鹉、画眉，叽叽喳喳，热闹非凡。

台阶上坐着几个漂亮丫鬟，个个穿红着绿，见她们来了，赶紧迎了上去，还有人往正房里传着话，说："林姑娘来了！"

然后一行人簇拥着黛玉进了正房，刚进门，便看到两个人扶着一个满头银发的老人家迎了过来。她就是贾母，也就是荣

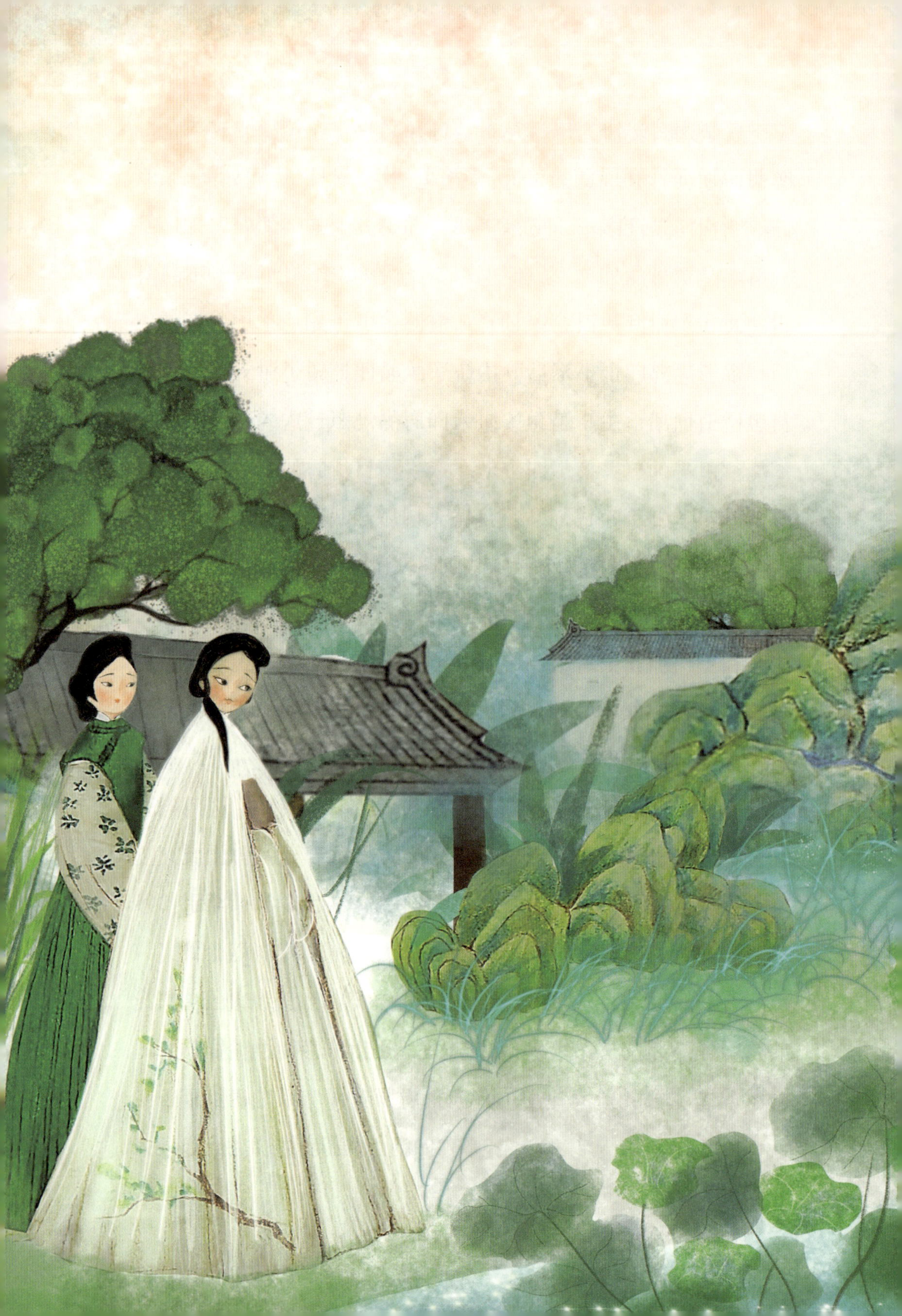

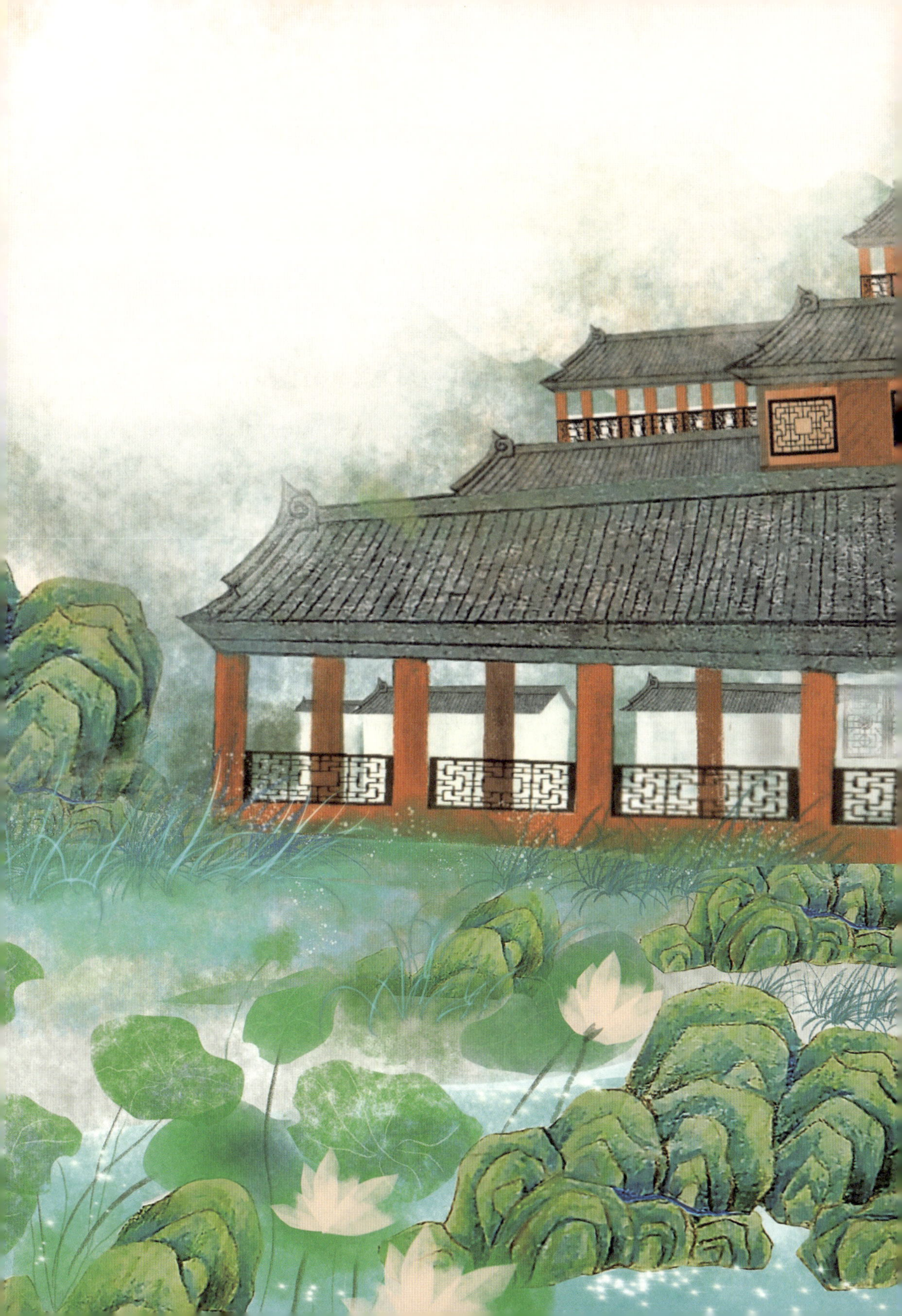

国府两位老爷的母亲，现在荣宁二府辈分最高的人。

黛玉知道这位老妇人就是自己的外祖母，就要下拜行礼，结果被贾母一把搂入怀中。贾母边大哭边叫道："我的心肝儿肉啊，你娘命苦，可苦了你这孩儿了。"

见外婆哭，黛玉的眼泪也忍不住了。她这一路过来，心里很是忐忑，生怕自己礼节不到惹人非议，是步步留心、时时在意，不肯多说一句话、多行一步路。可当外祖母把她抱住的时候，黛玉突然明白了，礼节再多，终究是自己的亲外祖母，她们是骨肉至亲。祖孙俩，一个怀念女儿，一个想念妈妈，一时间相拥哭作一团。在场的人纷纷落泪，劝她们节哀。

两人哭了好一会儿，方才收住眼泪。贾母拉过黛玉，开始给她介绍在场的长辈，包括她的两个舅母，即贾赦和贾政的妻子，一个大嫂子，也就是先前提到的贾政的长子、英年早逝的贾珠的妻子。贾母还命人请来了三位姑娘，分别叫作贾迎春、贾探春、贾惜春，她们与黛玉是表姐妹。

黛玉向这些长辈和姐妹一一施礼，各项规矩分毫不差。

见过这些人之后，丫鬟们送来茶点，众人纷纷落座。贾母便开始询问黛玉的情况，以及黛玉的母亲当年是如何得病，如何请医用药，又是如何病死发丧的。

黛玉一一道来，边讲边落泪，贾母也越听越悲伤，再次搂着黛玉哭了起来，在场的人赶紧又劝，才堪堪止住。

众人见黛玉身弱，又开始问她的身体状况，还没问几句呢，只听门外有人咋咋呼呼地喊道："我来迟了！没赶上迎接远客！"

黛玉思忖道，是谁这么放诞无礼？她抬眼向门口看去，见一群媳妇丫鬟簇拥着一个丽人走了进来。

这个女子和旁人的打扮不同，她头戴金丝八宝攒（cuán）珠髻（jì）①，项挂赤金盘螭（chī）璎珞（yīng luò）圈②，一身的珠光宝气、彩绣辉煌，像是神妃仙子；再看长相，一双丹凤三角眼，两弯柳叶吊梢眉，身量苗条，体格风骚。真是粉面含春威不露，丹唇未启笑先闻。

黛玉连忙起身接见，贾母却不好好介绍，只是开玩笑地说："你不认识她，她呀，是我们这儿著名的泼皮破落户。在南京，她这样的人都叫'辣子'，你只管叫她'凤辣子'就是了。"

"泼皮破落户"原指流氓无赖。在这里贾母只是打趣这女子张扬豪爽的性情。至于"辣子"，则是说她性格泼辣。

黛玉更慌张了，总不能真叫人家"凤辣子"吧？还好几个表姐妹及时救场，告诉她这是琏二嫂子。黛玉这才想起母亲讲过，大舅贾赦有个儿子，名叫贾琏，在堂兄弟之间排行老二，所以大家都称他"琏二爷"，眼前这个女子想必就是贾琏之妻。

此人正是王熙凤，她的出身也不简单，是豪门王氏的小姐，贾政的妻子王夫人的侄女。因为她从小被家里人当成男孩养，养成了如今这副泼辣豪放的性格。

黛玉刚想向二嫂子施礼，就被她一把拉到身边。细细地打量了一番后，王熙凤笑着说道："哎呀呀，我今天才知道，天下

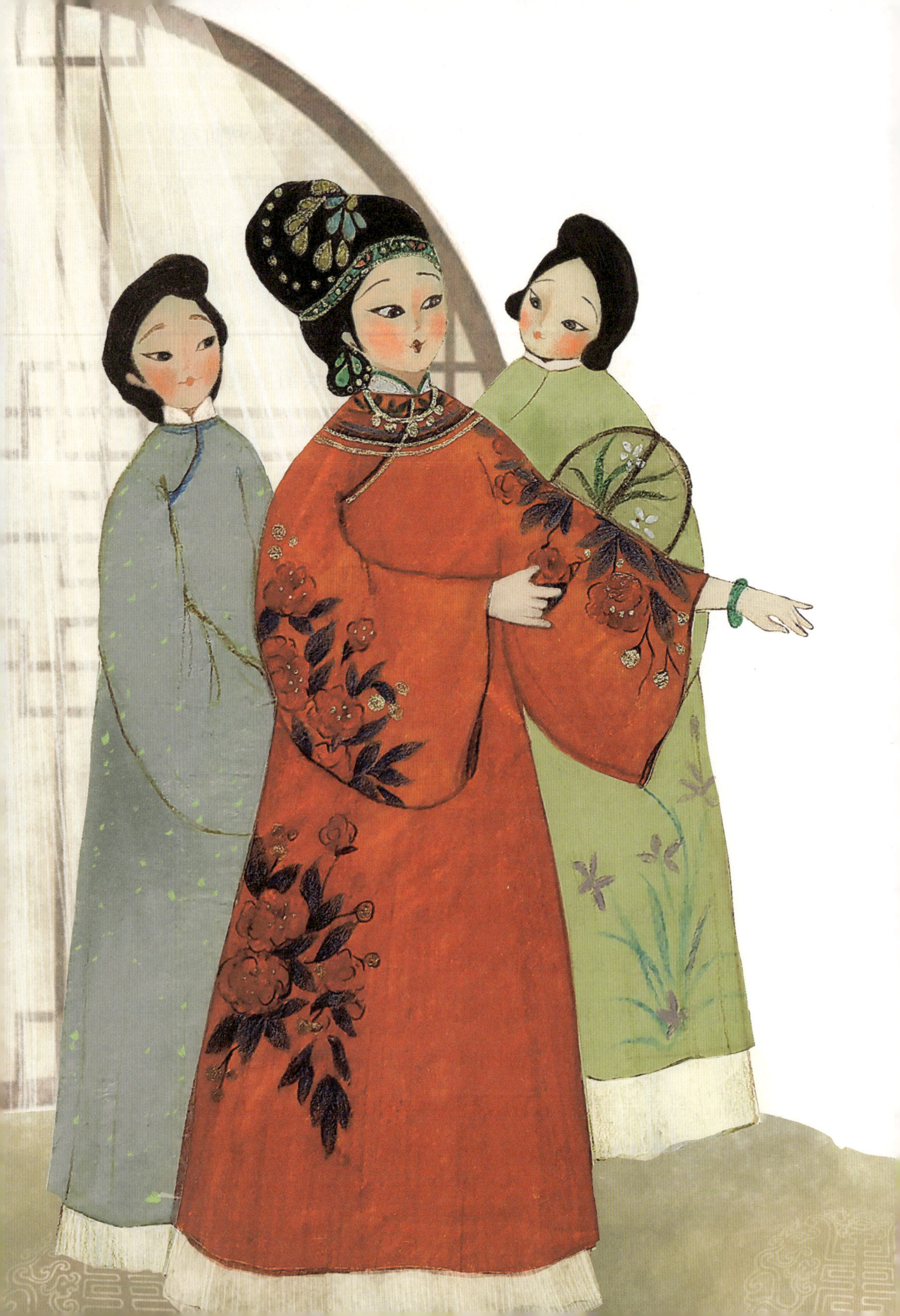

真有这么标致的人儿啊！瞧瞧咱姑娘这气质，怎么看着都不像老祖宗的外孙女，反倒像是老祖宗您嫡亲③的孙女呢，怪不得老祖宗这些天总是放心不下。只可怜我这妹妹如此命苦，怎么姑妈偏偏就去世了呢！"说罢，她拿起手帕，开始擦眼角的泪珠。

她这边哭着，贾母那边却笑道："好了好了，我刚才才哭过，你就别接着招我的眼泪了。你妹妹远道而来，身子又弱，你可快别提这些伤心事了。"

王熙凤是个精明人，哭是为了照顾贾母思念亡女的心情，现在贾母不让哭，她便立刻收住了眼泪，转悲为喜，说道："正是正是！我光顾着自己伤心落泪，却忘了照顾老祖宗的心情。该打！该打！"说着她又作势在脸上打了两下，引得在场众人都笑了起来。

王熙凤又拉过黛玉的手，连珠炮般说道："妹妹今年几岁了？可上过学？现在吃什么药？妹妹放心，在这儿就别想家了，要什么吃的、什么玩的，都跟我说。要是有丫头婆子对你不好，你也来跟我说，我去收拾她们。"

黛玉一边心想为何府上的事情看起来都归她管，一边一一应承下来，回答王熙凤的问题。

随后王熙凤又开始对丫鬟们发号施令，问林姑娘的行李搬进府里没有，带了几个随从来，还让丫鬟们赶紧收拾两间下房，好让这些随从歇歇脚。

安排完这些事之后，王夫人开口，让王熙凤派人去取几匹锦缎来，给黛玉裁几件新衣裳。

王熙凤闻言笑道："太太您放心，我知道妹妹这两天到，所以提前就准备好了，待会儿让您过目一下，就可以送来了。"

看到这会儿，黛玉明白了，二嫂子真的是府上的大管家。

有王熙凤在，气氛热闹了许多，众人又闲谈了好一会儿，贾母安排黛玉去见一见两个舅舅。然而，两个舅舅黛玉都没见着。

贾赦派人来传话，说自己连日来身体不好，见到外甥女难免会想起亡故的妹妹，彼此伤心，所以今日就不见面了。他给黛玉留了几句话，劝她不要太为母亲的事伤心，在这里跟在自己家一样，如果受了什么委屈，就直接说出来，别把自己当外人。

贾政则是不在家，王夫人以舅母的身份接待了她，并一再叮嘱她："荣国府哪儿都好，你那三个表姐妹也都是极好的，你们以后一起念书认字学针线，可以玩到一块儿。只有一件你千万要小心，我家里有个'混世魔王'，你以后都别理睬他。"

听了这话，黛玉心中充满了好奇。

他是谁呢？答案下章揭晓。

诗词欣赏

祖孙情

有一种爱叫祖孙情。文中贾母和黛玉的相见令人动容,字里行间露出浓浓的祖孙情,贾母对黛玉的关爱也一直护佑着黛玉在荣国府的生活。唐代白居易的《池上早夏》,描写了暮年宁静闲适、含饴弄孙的生活情趣。

池上早夏　唐　白居易

水积春塘晚,阴交夏木繁。
舟船如野渡,篱落似江村。
静拂琴床席,香开酒库门。
慵闲无一事,时弄小娇孙。

识词释义

❶**金丝八宝攒珠髻:** 指用金丝穿绕珍珠和镶嵌八宝制成的珠花的发髻。❷**赤金盘螭璎珞圈:** 指一种纯金的带有蟠龙纹样的珠串项圈。❸**嫡亲:** 古代社会嫡庶有别,称正妻为嫡,只有其所生的子女才能称为嫡生,亦指血统最接近的亲属。在原著中,贾母嫡亲的孙女应该只有元春。

第6章 黛玉初识贾宝玉

黛玉记得母亲说过，自己有一位衔玉而生的表兄，小名宝玉，生性顽劣，不喜欢读书，天天爱混在姐妹丫鬟堆里，偏偏却得贾母溺爱，谁都不敢管，想来二舅母说的便是他了。

这就叫"好事不出门，坏事传千里"，贾宝玉还没出场，他的荒唐事就已经传得尽人皆知了。不过"百闻不如一见"，贾宝玉是否真的像传说的那样顽劣，就见仁见智了。

黛玉告诉王夫人："舅母放心，我来了自然和姐姐妹妹们在一起，弟兄们是另院别处，肯定不会招惹他的。"

王夫人听后笑道："别人家里都讲究男女有别，可宝玉不一样，他从小受老太太疼爱，就养在姐妹中间，天天和姐姐妹妹一起玩耍。姐妹们若不理他，他自讨没趣，反倒安静一些；若是理了他，他一高兴，指不定要惹出多少麻烦呢。"

听了王夫人的话，黛玉更好奇了，想亲眼见见贾宝玉到底是个什么样的人物。但王夫人告诉过她，宝玉到庙里还愿去了，一时半会儿还见不到。

说话这会儿，天色逐渐晚了，有丫鬟过来传信，说老太太那里传晚饭了。

什么叫传晚饭？简单来说，就是老太太那里饭做好了，叫人过来和自己一起吃。在封建社会的大户人家里，小辈是要伺候长辈吃饭的。贾母点谁来吃饭，谁就得在席间把老太太服侍好了。

所以传晚饭的口信一到，王夫人立刻拉着黛玉一起出了自己的住处。走到老太太住处附近时，她指着旁边的院子介绍说："这是你凤姐姐的屋子，你以后要是缺什么东西，就到这里来找她。"这句话也说明，王熙凤平日就住在老太太身边，在荣国府的地位着实不低。

进了贾母的住处，只见许多人都已经到了，王夫人一来，晚宴正式开始。就见贾母一个人坐在正面，其他人侍立一旁。贾珠的夫人李纨上前为老太太捧饭，王熙凤随后在老太太面前放好筷子。等这两个孙媳妇忙完了，王夫人上前把一碗热羹递给老太太。

这一套流程走完，其他人才能落座。落座也有讲究，老太太左右有四把椅子，王熙凤把黛玉推到前面，让黛玉坐在左边第一把椅子上。

黛玉赶紧推辞，这时候老太太说话了："你舅母和嫂子们是不在这儿吃饭的，你是客，本来就该坐我旁边。"

这就是有意思的地方。刚才王夫人她们张罗得那么热闹，结果她们是不在这儿吃的，只是按规矩来伺候老太太的。听贾母这么说，林黛玉才敢落座。接着贾母命王夫人坐了。迎春、探春、惜春按次序坐下，四个小辈坐在四把椅子上，陪老太太一起吃饭。

吃饭间，桌旁有很多丫鬟手持拂尘、漱盂（yú）、巾帕，站着服侍。李纨和王熙凤在旁边负责分菜给席上的人，并时不时劝大家尝尝这个、尝尝那个。

除了屋里的人，屋外也有许多丫鬟婆子候命，但一点儿声音都没有，很有规矩。

待到一顿饭吃完，丫鬟们捧上茶水。这让黛玉有些奇怪，过去在家里的时候，林父曾经教过她，吃完饭之后要先休息一会儿再喝茶，这样不伤脾胃。如今这饭刚吃完，丫鬟就把茶捧上来了，黛玉虽然不解，但还是跟着做了。

眼见别人都饮了一口后吐在漱盂里，黛玉也跟着漱了口。大户人家讲究，漱口都得用上好的茶水。漱完了口，又洗完了手。丫鬟们又捧了茶上来，原来这才是给大家喝的茶。

然后贾母发话了："你们去吧，我和小辈们说说话。"

王夫人站起身来告辞，又说了两句闲话，便带着李纨和王熙凤回去了。

老太太把黛玉拉到身边开始问话,问她读过什么书。

黛玉有些不安地回答道:"我刚念了《四书》。"

所谓《四书》,指的便是儒家经典《大学》《中庸》《论语》《孟子》这四部书。黛玉也问贾母,想知道其他姐妹读过什么。

贾母告诉黛玉:"你那几个姐妹哪儿读过什么书啊,只会认几个字。"当然,这是老太太谦虚,迎春她们不仅读过书,还会作诗。

贾母还没说完,只听屋外脚步声响起,很快一个丫鬟走进来通报说"宝玉来了"。

黛玉当下抬眼看去,心想:"不知是个什么样的调皮泼赖人物。"却见一个年轻公子迈步而入。

他头戴束发嵌宝紫金冠[①],齐眉系着二龙戏珠金抹额[②],身穿二色金百蝶穿花大红箭袖,外罩着石青起花八团倭缎排穗褂。脖子上挂着金螭璎珞,又有一根五色丝绦,上面系着一块美玉。再看相貌,面若中秋之月,色如春晓之花,鬓若刀裁,眉如墨画。虽怒时而似笑,即瞋视而有情。好一个英俊公子。

黛玉看清他的样貌后有些吃惊,觉得自己好似在哪里见过,有些眼熟。

宝玉进来之后,先是依规矩向贾母请安,又转身出了屋子,去给自己的母亲王夫人请安。请安完后他才又回到贾母所在的屋子,这时候他已经换了一套装束,虽然不像刚才那样珠光宝气,但仍是富贵逼人。

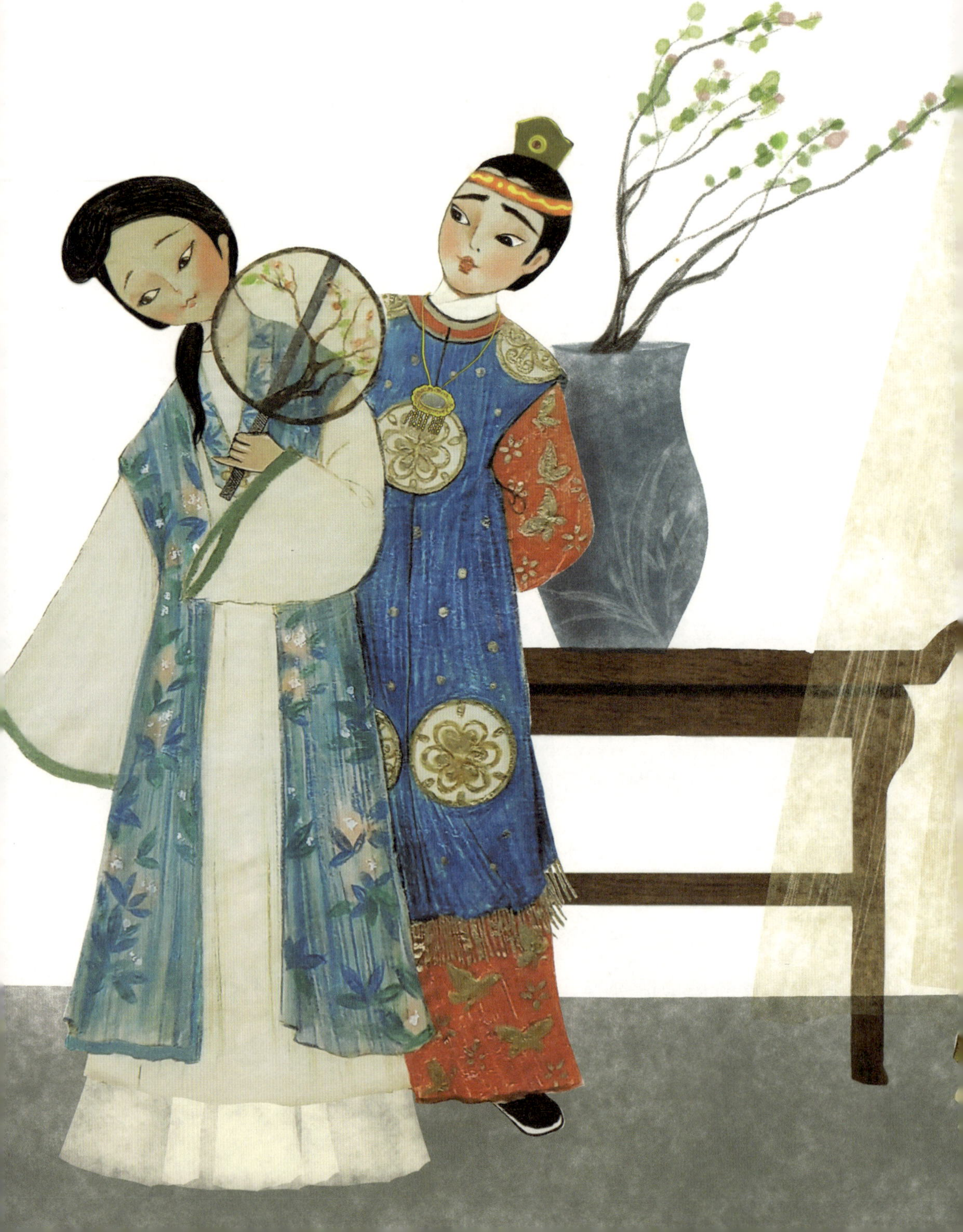

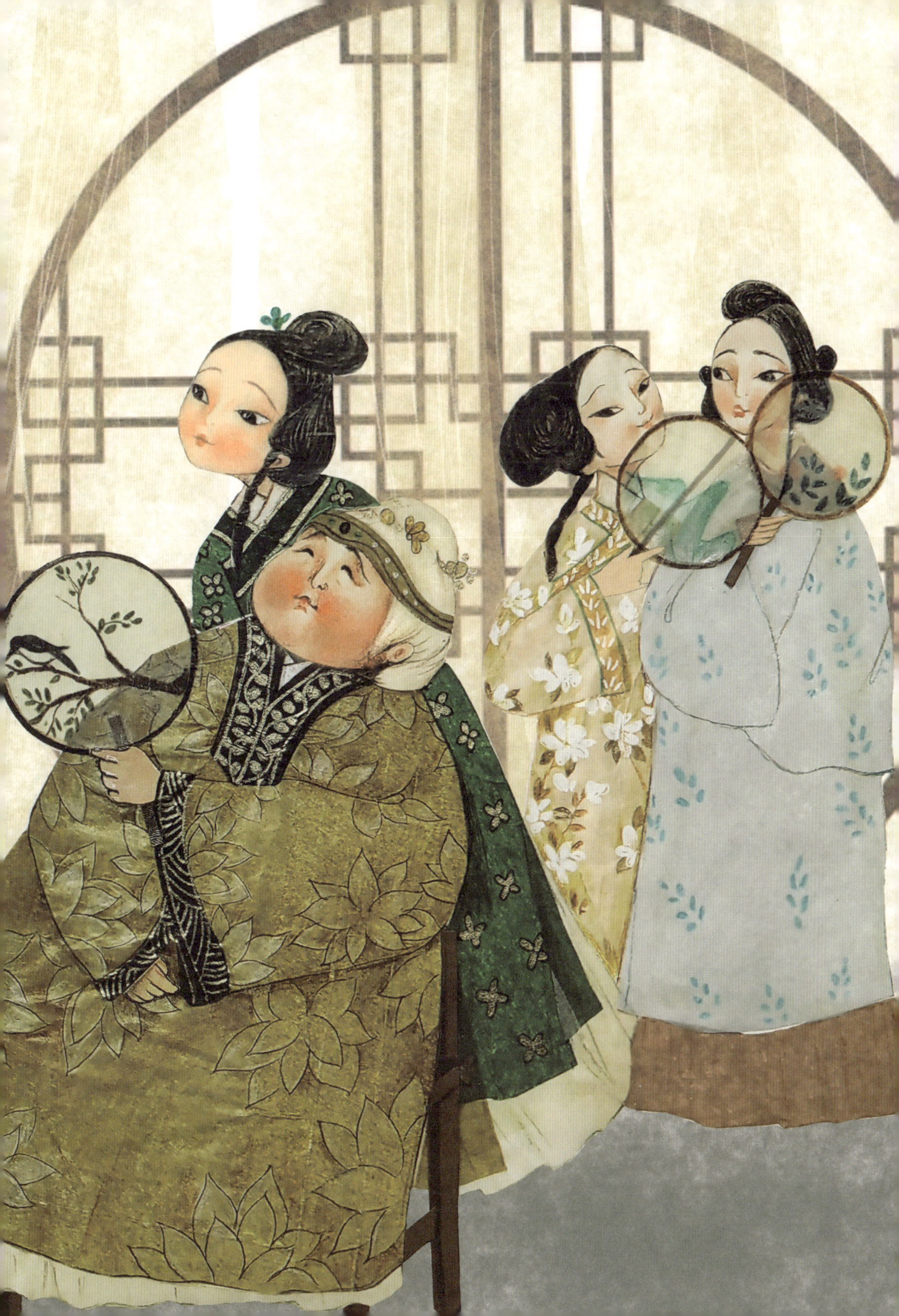

原著里还有这样一段描述：

面如敷粉，唇若施脂；转盼多情，语言若笑；天然一段风韵，全在眉梢；平生万种情思，悉堆眼角。看其外貌最是极好，却难知其底细。

贾母见他来了，笑道："你这孩子，还没见客人呢，怎么就换衣服了？来来来，这就是你那位妹妹。"
宝玉早就注意到黛玉，当下上前施礼，黛玉赶紧还礼。
宝玉归座后细看，发现黛玉真真与众不同。在他看来，黛玉的样貌是这般：

两弯似蹙非蹙笼烟眉，一双似喜非喜含情目。态生两靥之愁，娇袭一身之病。泪光点点，娇喘微微。闲静似娇花照水，行动如弱柳扶风。心较比干③多一窍，病如西子④胜三分。

宝玉看完对贾母说道："这妹妹我见过的。"
贾母笑道："你又胡说了，你几时见过？"
宝玉笑道："虽然我没真的见过，但却看着眼熟，今日相见像是久别后又重逢一般。"
故事开头讲过神瑛侍者与绛珠仙子的前世因缘，贾宝玉和林黛玉便是这对仙人的今生。如此就不难理解二人为什么都觉对方眼熟了。

　　宝玉这些话，旁人只当他是在跟黛玉套近乎，也就不觉奇怪了。宝玉还直接坐在了黛玉身旁，一点儿陌生人的拘谨都没有。只听宝玉问道："妹妹可曾读书？"

　　这时候黛玉想到贾母说的话，觉得再说自己读了《四书》有显摆之意，所以回答说："不曾读书，只是上了一年学，些须认得几个字。"

　　宝玉接下来还问了黛玉哪些问题，他们之间又发生了什么故事，让我们且往下看。

诗词欣赏

人生若只如初见

贾宝玉和林黛玉的初见是《红楼梦》中的名篇，围绕两人和贾府等家族兴衰的故事由此展开。关于初见的诗词，古往今来有很多，其中清代纳兰性德的《木兰花令·拟古决绝词柬友》广为传诵。

木兰花令·拟古决绝词柬友　　清 纳兰性德

人生若只如初见，何事秋风悲画扇。
等闲变却故人心，却道故心人易变。
骊山语罢清宵半，泪雨零铃终不怨。
何如薄幸锦衣郎，比翼连枝当日愿。

识词释义

❶**束发嵌宝紫金冠：**指把头发束扎在头顶作髻冠，并插戴各种金玉宝珠等饰物。❷**二龙戏珠金抹额：**抹额是一种围在额头的饰物，上面绘有二龙戏珠的图案。❸**比干：**商代纣王的叔父，官至少师，最终因屡次劝谏死于非命，被纣王下令挖心而死。❹**西子：**即西施，春秋末期越国人，被誉为中国古代四大美女之一。

第 7 章 痴狂任性摔宝玉

宝玉和黛玉相见后，就开始问她问题。但他的问法很奇怪。一般见了不认识的人，总要先问别人姓名，再开始闲聊，但宝玉却不同，见了面，先看别人有没有才学才接着问名字。

黛玉将自己的姓名如实相告后，宝玉又问："妹妹可有表字啊？"

表字，就是我们常说的"字"。比如，姓张名飞字翼德，"翼德"就是张飞的表字。在古代，称呼对方的"字"是表示尊重，一般同辈人都互称"字"。

不过，表字通常是成年人才有的。古时候男子二十岁算成年，这时候他可以取一个表字，而女子稍有不同，一般是出嫁的时候可以取一个表字。

黛玉此时年纪尚小，自然没有表字。事实上宝玉只比她大一岁，也还没成年，没有表字。所以当宝玉问她有没有表字的时候，黛玉觉得很奇怪，回答没有。

宝玉笑道："妹妹，我送你一个表字吧，你就叫'颦（pín）颦'如何？"

"颦"字笔画复杂，通常表示皱眉的样子。宝玉这话一出口，黛玉只觉得莫名其妙，旁边的探春也说话了："可有什么典故出处？"

宝玉答道："当然有。一本名叫《古今人物通考》的古书里说，西方有石名黛，可代画眉之墨。意思是，西方这种名为黛的玉石，可以用来画眉毛，再加上我见妹妹总是眉头微皱，用'颦颦'二字，岂不妙哉？"

宝玉取这个表字是有道理的。很多古人取表字，都是为了解释或者照应自己的本名，比如赵云字子龙，就出自《周易》里的典故："云从龙，风从虎。"云和龙相互感应，赵云的表字就照应了自己的本名。再比如李白字太白，杜牧字牧之，都是对自己本名的拓展。

不过，问题在于这典故的出处。

探春很清楚宝玉的脾气秉性，立刻就笑了，说："只怕这又是你杜撰出来的吧，我怎么没听过有这么一本书呢？"

宝玉开口笑说："这世上除了《四书》，杜撰的书太多了，凭什么只说我是杜撰的呢？"

从这里能看出，宝玉其实颇有才华。才华不是天上掉下来的，宝玉读的书绝对不少，只是他不喜欢研究那些正经的学问罢了。

他又问黛玉："妹妹有没有玉啊？"

众人疑惑，黛玉也不懂他怎么突然问起这个问题，思忖着：想必是他自己有玉，就问我有没有。

于是黛玉答道："我没有玉。你那玉也是件稀罕物，岂能人人都有？"

谁都没想到，黛玉实话实说，宝玉却不干了，立刻开始发狂，伸手摘下美玉，狠狠地朝地上摔去，边摔边大骂道："什么稀罕物！连人的高低贵贱都不分，还说什么通灵不通灵！我也不要这劳什子了！"

"劳什子"是方言，一般指那些没用的东西。

他这一摔，把在场的人都吓坏了。黛玉更是惊惧不已，觉得自己失言，惹了大祸。众人赶紧上前把玉捡起来。

贾母急得一把搂住宝玉，哄着说："孽障！你要是生气，想打人骂人都行，干吗要摔那命根子啊！"

从这里可以看出，宝玉闹脾气，贾母不说责骂教训，还赶紧哄着这个宝贝孙子，甚至允许他打人撒气，可见对他的溺爱到了何种程度。此外，贾母尤其看重这块玉，将其称为宝玉的"命根子"。

什么叫"命根子"？树能不能活，就看树根子好不好；命能不能长，就看命根子在不在。它是生命的来源。在贾母看来，

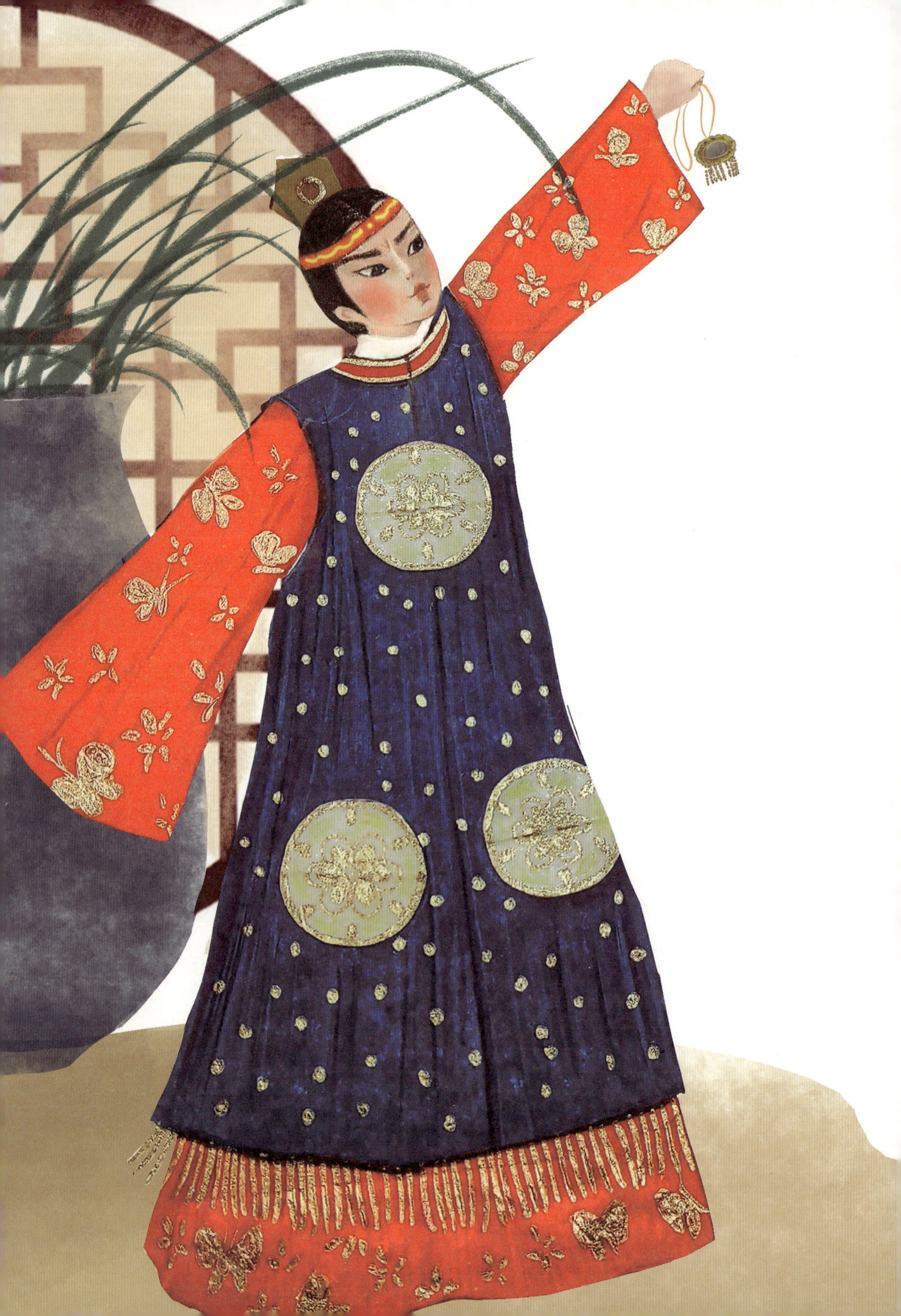

那块玉和宝玉的命运绑在一起，绝对不能碎。

而宝玉的态度和贾母的截然相反，他顿时泪流满面，不是因为做错了事，而是觉得特别委屈。

他说："家里的姐姐妹妹都没有玉，只有我有，实在是没趣。现在来了个长得神仙似的妹妹也没有玉，可见这玉不是个好东西。"

在宝玉眼里，自己的姐姐妹妹，乃至这位刚见面的林妹妹，都是高贵的人，应该像自己一样有玉。如今她们都没有，可见这玉不识好歹，分不出高低贵贱。

面对宝玉的闹腾，贾母并未考虑他的观点和想法，只会哄一哄他："好孙儿啊，你这妹妹本来也有玉的，只是因为你姑妈去世的时候，舍不得你妹妹，人们就将她那块玉殉葬①了。这样一来是你妹妹尽孝心，二来你姑妈也可以在阴间得到陪伴。你妹妹刚说自己没有玉，只是不想说这事罢了。赶紧把你那块玉戴上，你娘要是知道你把玉摔了，又得责备你了。"

贾母的这些话自然都是瞎编的。她让丫鬟把那块玉递上来，亲自挂在宝玉脖子上，这事才算告一段落。之后贾母为黛玉安排了住处，还给她指派了一批丫鬟仆人，众人相继告退。

要说贾母给黛玉安排的住处，其实就在宝玉的屋里。在古代，大户人家的卧室通常会有内外两间，主人住内间，丫鬟住外间，方便丫鬟们随叫随到。荣国府虽然屋子多，但人也多，一时半会儿没有空房子。

贾母本来打算让宝玉先搬到自己这里住，把房子先让给黛玉。结果宝玉说道："我就住在外间，把内间让给妹妹好了，省得折腾得老祖宗不得安宁。"

贾母一想，反正宝玉和黛玉都还是小孩子，内外间住着也不是问题，就同意了。

黛玉回房后，想到自己第一天进府就惹出一场事端，差点闹出大祸，忍不住开始伤心落泪。此时一个漂亮丫鬟走进内间，她叫袭人，是宝玉身边的大丫鬟②，也就是说，宝玉身边其他的丫鬟都得听她的。

袭人进屋后问黛玉："夜已深了，姑娘怎么还没安歇？"

黛玉见有人进来，慌忙挤出笑脸让袭人坐下。一个名叫鹦哥的丫头把黛玉流泪的原因告诉了袭人。这个鹦哥是刚才贾母送给黛玉的，贾母见黛玉的随身丫头雪雁年纪太小，料想她照顾不好黛玉，便将自己身边的一个二等小丫头给了黛玉。

袭人赶忙劝说："姑娘可别多心，今天的事不是你的错，宝玉就是这样的人，日后他的荒唐事还多着呢。你要是为此落泪，只怕你这泪是流不完了。"

袭人常年跟在宝玉左右，对宝玉的言行最为了解，听她这么一说，黛玉的心情方才好了许多。几人又闲聊了一会儿，就熄灯安寝了。黛玉在荣国府的第一天，终于结束了。

诗词欣赏

袭人 本名珍珠，原本是贾母的婢女，后被贾母给了宝玉，尽心尽力照顾宝玉起居。宝玉知道她本姓花，便以诗句"花气袭人知骤暖"中的"袭人"一词，改了她的名字。这句诗的出处不俗，为宋代陆游的《村居书喜》，描述了诗人隐居在山水花树间的悠闲生活。全诗如下。

村居书喜　宋 陆游

红桥梅市晓山横，白塔樊江春水生。
花气袭人知骤暖，鹊声穿树喜新晴。
坊场酒贱贫犹醉，原野泥深老亦耕。
最喜先期官赋足，经年无吏叩柴荆。

识词释义

❶**殉葬**：古代常把人、牲畜或者器物随同死者埋在墓中。　❷**大丫鬟**：《红楼梦》中的丫鬟们也分等级，像宝玉身边的袭人、贾母身边的鸳鸯，都是大丫鬟，地位比其他丫鬟都高，每月拿的银钱也更多，非常受主人器重。而文中提到的鹦哥，则属于二等丫鬟，她跟了黛玉后被改名为紫鹃，对黛玉尽心尽力。

第8章 雨村上任遇故人

第二天一早，黛玉早早起床，按照规矩，先去拜见了老太太贾母，再去向王夫人她们问安。

正好撞见王夫人拿着一封信与王熙凤商议，无暇顾及她和探春等小辈。黛玉十分纳闷，好在探春打听到了消息，她告诉黛玉，王夫人的妹妹家出大事了。

王家共兄妹四人。两个哥哥，一个名叫王子腾，官至京营节度使①，京城附近的兵马都归他管，是不折不扣的军政大官。另一个原著里没出现名字，但大家都知道，他就是王熙凤的父亲。

两个妹妹，一个嫁到荣国府贾家，一个嫁入金陵豪门薛家。嫁到贾家的就是王夫人，而嫁到薛家的，贾府小辈都叫她薛姨妈。

薛姨妈家究竟出了什么事呢？这还得从贾雨村讲起。前文讲过，贾雨村被授为应天府知府。谁承想，他一到任面临的不是府衙差役的接风洗尘，而是摆在案头的一桩人命官司。有两户人家为了争夺一个婢女，互不相让打了起来，最后打出了人命。

在古代，婢女是没有地位的，只要主人愿意，可以随意买卖交易。不过为了争婢女而打出人命，也是罕见。贾雨村此时尚不知其中深浅，只当是一般的命案，下令传原告来审问。

案子的原告是一个仆人，他告诉贾雨村："死者是我家主人。他前几日花钱买了个丫鬟，跟贩子约好三天后把丫鬟接进门。没想到那贩子贪得无厌，明明已经收了我家主人的钱，却又把这个丫鬟卖给了薛家。我家主人不服，去薛家讨要，不想薛家人极其恶毒，竟然把我家主人打死了。"

听到这儿，贾雨村不禁大怒：薛家怎么这么大胆？

那原告接着说："老爷您不知道，薛家乃是金陵一霸。这案子小人告了一年了，竟一直无人做主。幸好老爷您到了，求您缉拿凶犯，还我家主人一个公道。"犯事的这个薛家正是薛姨妈家。

贾雨村当下大怒："打死了人却没人敢管，天底下哪儿有这种道理！"

说着提起笔便要签发令牌②，让官差去把薛家的人抓来审问。却不想这笔还没落下，一个差役就开始给贾雨村使眼色，示意他先别抓人。

贾雨村是个丢过官的人，上一次的教训让他明白，官场之中有许多明里暗里的规矩，稍不小心，自己就可能再次丢官去职。所以他没有贸然行动,宣布暂时退堂,随后屏退左右,只留下使眼色的人询问。

只见那差役开口便说道:"老爷忙着加官进禄,才八九年,就不认得我了?"

贾雨村有些摸不着头脑,上下打量那差役半天,只觉得这

人有点眼熟，却怎么也想不起他到底是谁。

差役也不卖关子了，笑道："老爷怎么把出身的地方都忘了，您还记得葫芦庙吗？"

贾雨村大惊，他终于想起来了。原来这人本是葫芦庙里的一个年轻和尚，当年贾雨村寄住庙里的时候，曾和他有交情。后来葫芦庙被烧成废墟，和尚无处安身，干脆蓄发还俗，跑到金陵当了差役，这才有了今日的偶遇。

既然是故交，贾雨村一时轻松了许多，他问道："你刚才为什么不让我抓人，这里头是有什么事吗？"

差役说道："老爷到这里来，难道都没有抄一张本地的'护官符'吗？"

贾雨村当时就蒙了：护官符是什么东西？他赶紧询问差役。

差役告诉他："凡要在地方上当官的人，都有这么一张单子，上面记录的是本省最有权势、极富贵的乡绅名姓。若是没有这张单子，一旦不小心得罪了这些人家，不但要丢官，说不定连性命都难保。所以这张单子就被叫作护官符。方才所说的薛家正在这护官符上。前任知府不管这案子，也是因为害怕薛家的权势。老爷您可千万别惹他家啊。"

贾雨村当时就惊出一身冷汗。对于他来说，主持公道固然重要，但自己的官位更重要。此时的他已经不是曾经那个胸有大志的穷书生，而是一个为了功名利禄可以不惜一切代价的官僚。

贾雨村赶忙请教差役，想要看看本地的护官符。差役抬手便从腰间口袋里掏出一张，递给了他。

这张护官符上记录着本地所有的豪门大家。每一家姓甚名谁，有几户亲戚，眼下住在何处，都记载得清清楚楚。护官符上不光记载着这些内容，还为每家豪门编有一句顺口溜，用以说明这家人富贵到什么程度。

比如头一行就写道："贾不假，白玉为堂金作马。"意思是，贾家虽然姓贾，但他们的权势不假，家里有钱到能白玉砌大堂，黄金铸骏马。后面还写着，贾家是荣国公和宁国公的后人，现在共有亲戚二十家，其中八家住在京城，十二家住在金陵。贾家在金陵的护官符上排名第一。

排在贾家后面的是史家。前面说过，荣国府的老爷曾迎娶一位史家小姐，她就是当今的贾母，人称史老太君。史家的顺口溜是这么写的："阿房宫，三百里，住不下金陵一个史。"阿房宫是当年秦始皇的宫殿，奢华无比，光占地就有三百里，可这都住不下史家的人，可想而知史家有多显赫。

贾雨村接着往下看，见下面两行写的是王家和薛家。王家即王夫人、王熙凤的出身门第。其顺口溜是："东海缺少白玉床，龙王来请金陵王。"意思是，东海龙王有着无数的财宝，可王家的财宝比龙王还多，龙王缺白玉床了，还得来金陵请王家相助。这话虽然说得夸张，但足以显示王家的财力。

薛家的顺口溜则是："丰年好大雪，珍珠如土金如铁。"用雪暗指薛家的薛，意思是薛家有钱到把珍珠看作土坷垃，把黄金看作不值钱的铁器。

正当贾雨村要继续往后看的时候，突然有人来报："王老爷来拜见！"他赶紧整理衣冠，出去接待，去了约莫一顿饭的工夫便回来了，一回就问差役贾史王薛四大家族之间的关系。

这里作者曹雪芹卖了个关子，他没明说王老爷和贾雨村聊了什么，只把他们聊的内容暗示出来。贾雨村为什么要问四大家族的关系？自然是因为王老爷刚才来替薛家人求情了。这就是曹雪芹写作的精妙之处，即使不具体写两个角色聊了什么，但联系前后文，即知晓大概。

差役说道："这四大家族关系密切，一荣俱荣，一损俱损，自然相互包庇。"

贾雨村笑了，他又问差役："这么说来，想必这桩案子的真凶你也很清楚躲哪儿去了吧？"

差役当即回答道："不瞒老爷，我不但知道凶手躲去了哪儿，我还知道这个被人争来争去的丫鬟是谁。说起来，她还是老爷您过去的大恩人呢。她就是住在葫芦庙旁的甄老爷的女儿英莲！"

贾雨村骇然说道："原来是她！可她五岁时便被人拐走了，这都多少年了，怎么现在才被卖啊？"

差役说道："这您就不知道了，拐子一般单拐小女孩，拐走之后养在僻静之处，等养到十二三岁的时候，看那孩子容貌如何，再决定要不要当丫鬟卖出去。事情巧就巧在，那拐子来应天府之后，租住的正好是我的房子。

"我从小就天天哄英莲玩，对她的相貌自是熟悉，况且她眉心有一颗米粒大小的胭脂痣[3]，一看就能认出。有一次，那拐子出门不在家，我趁机去见她，问她的出身来历。结果她被拐子打怕了，不敢跟我说实话，只说拐子是她的亲爹。我又哄她说实情，她只在那儿哭，还说自己不记得小时候的事了。毫无疑问，她就是英莲。"

至此，甄士隐女儿的下落揭晓了。

只可惜，这差役虽然知道了英莲的苦难遭遇，但从未有过解救她的念头。贾雨村亦是如此。

他听完英莲的遭遇后，只是叹息了一下，说她真可怜，丝毫不提救助英莲的事，接着就问案子的情况。

据差役所说，英莲被带到应天府之后，不久就遇到了买主。此人名叫冯渊，家里有一些财产，只是父母死得早，也没有兄弟，一个人勉强操持家业。冯渊一眼就看中了英莲，要出钱把她买走。

他还郑重其事地跟人贩子约定，三天之后来接人进门。为什么要等三天后呢？因为三天后是良辰吉日。买丫鬟不用挑什么日子，但迎亲娶妻是要挑日子的，可见这位冯公子是想娶英莲回家当妻妾的。

没想到，人贩子转头又给英莲找了个买主，也就是薛家的公子。薛公子当场交钱就把英莲领走了。等到三天后，冯公子过来领人，却发现英莲已经被卖到了薛家。他赶紧跑去要人，但那薛公子人称金陵城一霸，怎么可能退让？当场指使家丁动手，打得对方落花流水，三日后冯公子就死了。薛家势力大，打死一个人也不在乎，夺了丫头，跟没事人一般，按原订计划启程进京了，并非为此逃亡，只命弟兄奴仆处理此事。

这就是这桩案子的来龙去脉。现在问题摆在贾雨村面前：死的人是薄命的冯公子，被抢的丫鬟是自己恩人的女儿，指使打人的真凶是薛公子，案子该怎么判呢？

对于贾雨村来说，英莲值得同情，但他绝不会为了英莲去得罪人，尤其是四大家族之一薛家。于是他请教那差役："你觉得这案子该怎么断呢？"

差役笑道："老爷，我听说您这官位是靠贾家的举荐才得到的，贾家和薛家是亲戚，您何不做个顺水人情，把这案子稀里糊涂地结了，日后也好见贾王二公。"

贾雨村摇了摇头，他需要顾及自己的颜面和百姓的口碑。他刚被复用，若判不好案，再有人举报到朝廷，他还得丢官。

所以，贾雨村义正词严地告诉差役："事关人命，本官蒙皇上隆恩，如今正是报效国家的时候，岂能因私废法？"

差役听后，冷笑道："当今世上老爷要不趋吉避凶，不但不能报效朝廷，还会自身不保。我有个好主意，老爷明天一早升堂之后，只管虚张声势，派人去薛家捉拿凶犯。我提前暗中替您安排好，让薛家人说薛公子已暴病而亡，这事就算不了了之了。您还可以搞一场占卜，就说薛公子被冯公子的冤魂索命而亡。百姓觉得这是因果报应，就不会再怀疑了。

"至于冯家，这些家仆也不是真心要为主人报仇，他们只是想借这个机会讨一笔钱。反正薛家有的是钱，到时您可以随便断，让他们出五百两也行，出一千两也罢，只要把银子赔给冯家，他们肯定无话可说。"

贾雨村笑了，嘴上说着"不妥"，心里其实已经做出决定。

次日，贾雨村升堂审案，命人捉拿了薛家几个管事的人。公堂之上，贾雨村见冯家果然人丁稀少，只想要赔偿，就徇情枉法胡乱判完了。

最后，冯家人拿到了赔偿的钱，薛家公子逃脱了罪责，可以说，除了枉死的冯渊和被卖的英莲，"皆大欢喜"，一件冤案就这么被炮制④出来。贾雨村判完后分别给贾政和王子腾写了封信，让他们不必再忧虑薛家之事。

还有一个人倒了霉，就是给贾雨村出主意的差役。贾雨村怕他哪天说出真相，又怕他对别人说道他早年贫贱的旧事，不久后找了个机会，揪着他一个错，把他远远地发配充军了。

贾雨村的这段故事暂且讲到这里，我们且说说那位打死了人的薛公子。此人名叫薛蟠，字文起，家中有百万之富。他幼年丧父，从小被寡母抚养长大。其母就是我们之前提到的薛姨妈。薛姨妈对这个独子十分溺爱，平日里很少管教，纵容他到处惹事。薛蟠变成金陵一霸，少不了母亲的娇惯。他从人贩子那里买下英莲，只是看英莲长得漂亮而已，至于打死冯渊，在他看来，也是小事一桩。

  此事发生之后，薛蟠就带上家眷，按早前计划去往繁华京都了，想着既能游玩，又能办些正事。他这一走，便把本故事中另一位重要的姑娘带到了贾府，此人便是薛蟠的妹妹薛宝钗。

诗词欣赏

落花流水　　原形容春景衰败，现在形容遭受惨败。出自唐代李群玉的《奉和张舍人送秦炼师归岑公山》："兰浦苍苍春欲暮，落花流水怨离襟。"五代南唐后主李煜的《浪淘沙令·帘外雨潺潺》也有提及。

浪淘沙令·帘外雨潺潺　　南唐 李煜

帘外雨潺潺，春意阑珊。罗衾不耐五更寒。梦里不知身是客，一晌贪欢。独自莫凭栏，无限江山，别时容易见时难。流水落花春去也，天上人间。

识词释义

❶**节度使**：古代官职名。唐代总揽一区军、民、财政，五代时增设更多。至北宋初，中央收回兵权，节度使逐渐成为虚衔，并无实权。元代时废止。　❷**签发令牌**：古代官员让差役去办事时会发凭证，一般为木制长条形。　❸**胭脂痣**：红色的胎记。　❹**炮制**：含贬义，编造、制订之意。

第9章 薛家入住梨香院

当时朝廷颁布了一个诏令，说当今圣上崇尚诗书礼法，要征采有才能之士，降下不世出之隆恩。所谓"不世出"，就是指平时不常出现，十分罕见。古人常说，雷霆雨露，俱是君恩。而这次征选的不是当官的人才，而是皇帝的嫔妃女官。"一朝选在君王侧①"，得皇帝宠幸，可谓不世出之隆恩。

薛宝钗不仅生得美丽，而且从小熟读诗书，气质过人，举止娴雅。原著里说，她的才华胜过哥哥薛蟠十倍。按朝廷诏书的规矩，凡是官宦世家之女，都得到京城报名应征，薛家便打算让她进宫。哪怕当不上嫔妃，被选为公主、郡主②的陪侍、伴读，或者当一个在后宫管理宫女的女官，对家族的发展也大有裨益。

所以，薛蟠此行一来是游玩观赏京城风光，二来是送妹妹

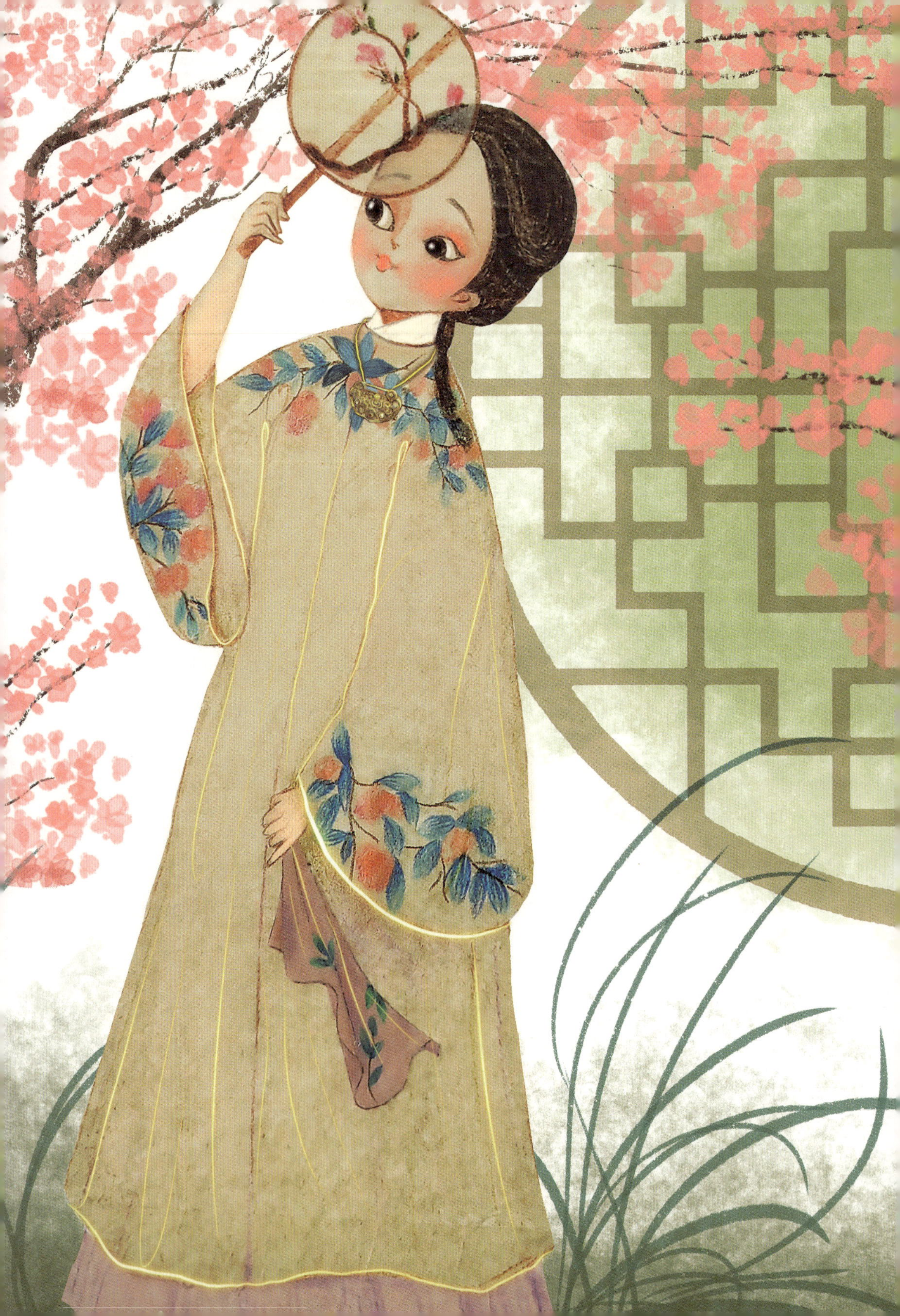

进京应召，三来是薛家在京城有不少生意，趁此机会熟悉熟悉家族产业，销算旧账，再谋划新的支出。

就这样，薛蟠带上母亲薛姨妈和妹妹薛宝钗出发了。"薛姨妈"是贾府小辈对她的称呼，薛家人肯定不这么叫，在这里只是借原著的写法来称呼她。

不久后，一行人来到了京城附近。正待进城，薛蟠收到消息，说他舅舅王子腾升官了，以前是京营节度使，掌管京城附近的兵马，现在是九省统制③。

薛蟠听后大喜。但他高兴的原因不是舅舅升官了，而是九省统制要常年在外地出差，没法待在京城管教他。

薛蟠觉得，如果他们落脚在舅舅府上，自己恐怕就不能在京城挥霍撒野了，说不定还要被逼着读书。现在好了，舅舅升官了，要离开京城了，真是天从人愿。

薛蟠于是和母亲商议："我们薛家在京城还有几间祖产房舍，有十来年没人居住了，我找人打扫打扫，我们就住那里如何？"

知子莫若母，薛姨妈知道薛蟠心中打的是什么算盘。她直截了当地告诉他："别那么招摇！不是还有你姨父吗？我们到了京城本就要先拜见亲友啊！"

薛蟠当即泄了气，他好说歹说，劝母亲听自己的，结果母亲油盐不进，直说道："你不就是怕你舅舅和姨父管着你，不让你胡闹吗？这样吧，到了京城之后，你自己去挑宅子住，我领着你妹妹去投奔你姨母。"

话说到这个份儿上,薛蟠也不敢继续争了。他虽然顽劣不堪,但也不想落个不孝的罪名,只得吩咐下人和车夫,直奔荣国府。

很快荣国府中有人来报,说姨太太带了哥儿姐儿,全家进京,此刻正在门外下车。"姨太太"指的自然就是薛姨妈。"太太"是当时对女性长辈的尊称,至于"哥儿姐儿",也是那个时代对公子小姐的称呼,指的就是薛蟠和薛宝钗。

听到这个消息,王夫人脸上立即绽放笑容,她赶紧起身去大厅迎接,把薛姨妈等人迎进了府中。两姐妹相会,自然少不了嘘寒问暖,寒暄一番,之后王夫人领着他们去拜见了贾母,送上礼物,之后摆席设宴,为薛家一行人接风洗尘。

薛蟠则按规矩拜见了贾政,又被贾琏带着拜见了贾赦、贾珍等人。

随后贾政派人告诉王夫人:"我们府上东南角有一座梨香院,有十来间空房子,叫人请姨太太一家就在那儿住下好了,省得外甥年轻,在外住着又惹是生非。"

薛姨妈知道之后,甚是满意,她也怕薛蟠在外惹祸,住在荣国府里还能拘束拘束他。

梨香院过去是荣国公晚年静养的住所,院子小巧精致,却五脏俱全,花园、茶社应有尽有,前后厅堂设施齐全,是个适合居住的好地方。更妙的是,这个院子相对独立,有一道单独的门可供进出,直通街道。薛蟠对此很满意。

很快，薛蟠就适应了在梨香院的生活，他结识了一大批酒肉朋友，还认识了贾家那帮纨绔子弟。这些人跟薛蟠臭味相投，天天聚在一起饮酒赌博、纵情享乐，还经常溜出去在京城中闹事。原书中写道，自打进了梨香院，薛蟠比过去更坏了十倍，曾经的金陵一霸如今俨然成了京城小霸王。薛蟠本来还打算让人打扫好自家房屋后全家搬过去，后面也渐渐不提了。

这些子弟如此胡闹，贾政本应管束，可是一来贾家族大人多，人人都有事，人人都得管，贾政管不过来。二来现在贾家的族长是宁国府的长孙贾珍，他袭了官职，家族中事都由他掌管。可贾珍自己就不是正经人，妻妾成群，穷奢极欲，根本不管事。三来贾政公私事繁杂，喜好书棋，也不爱管家事。如此，这些人愈发猖狂了。

另一边，薛姨妈与薛宝钗住进梨香院后，对这里的环境也十分满意。院子西南角有一道小门，走过去就是王夫人的住处，薛姨妈每天和自己姐姐或贾母闲聊，日子过得轻松惬意。宝钗每天也过来与黛玉、迎春、探春等姐妹相聚，一起读书、下棋、绣花，一群姑娘热热闹闹的，生活充满了乐趣。

宝钗不仅相貌招人喜欢，性格也开朗豁达，跟谁都聊得来，就连对贾府的下人们也彬彬有礼，还常常拉着她们一起玩闹，因此贾府众多小丫鬟都很喜欢跟她待在一块儿。

相比之下，丫鬟们对黛玉的态度就没那么亲近了。之前说过，黛玉也是个好姑娘，懂规矩，知礼节，真心善待身边的丫鬟。但黛玉性格比较孤高，心思又太细腻了，总害怕做错事，时不时就要哭一场，让人不敢亲近。

黛玉也注意到了这一点。自打她进了荣国府之后，受到的待遇一直不错，贾母对她万般怜爱，比对待三个亲孙女还亲，宝玉对她也很好，平日里十分重视黛玉的想法，天天陪着黛玉，两人亲密友爱，性情上越来越合得来。

可自从宝钗来了之后，黛玉就产生了危机感。贾母也喜欢宝钗，给了她不少照顾。宝玉对宝钗也十分热情。黛玉不免对宝钗有了些不满，但宝钗却浑然不觉。

细究其因，黛玉和宝钗出身和境遇都不同。黛玉孤身一人来到贾府，身边没有父母照顾，属于寄人篱下，说话做事小心翼翼，难免心思细腻。而宝钗有母亲带着，凡事有母亲兄弟支持，自然轻松一些。

一天，黛玉和宝玉不知为何闹了不愉快，黛玉又回房哭了，宝玉最见不得妹妹流泪，于是赶紧去赔罪，几番劝告下来，才让黛玉止住眼泪。

后来有人来报，说东边宁国府中鲜花盛开，尤夫人请贾母、邢夫人、王夫人等人过去赏花。宝玉作为贾母最宠爱的孙子，自然也被邀了同去。

众人一起来到花园内，一边赏花一边闲谈着家长里短。丫鬟们敬上茶点，先上茶，后上酒，一群夫人太太聊得十分热闹。

然而对宝玉来说，这聚会实在有些没趣，他很快开始犯困

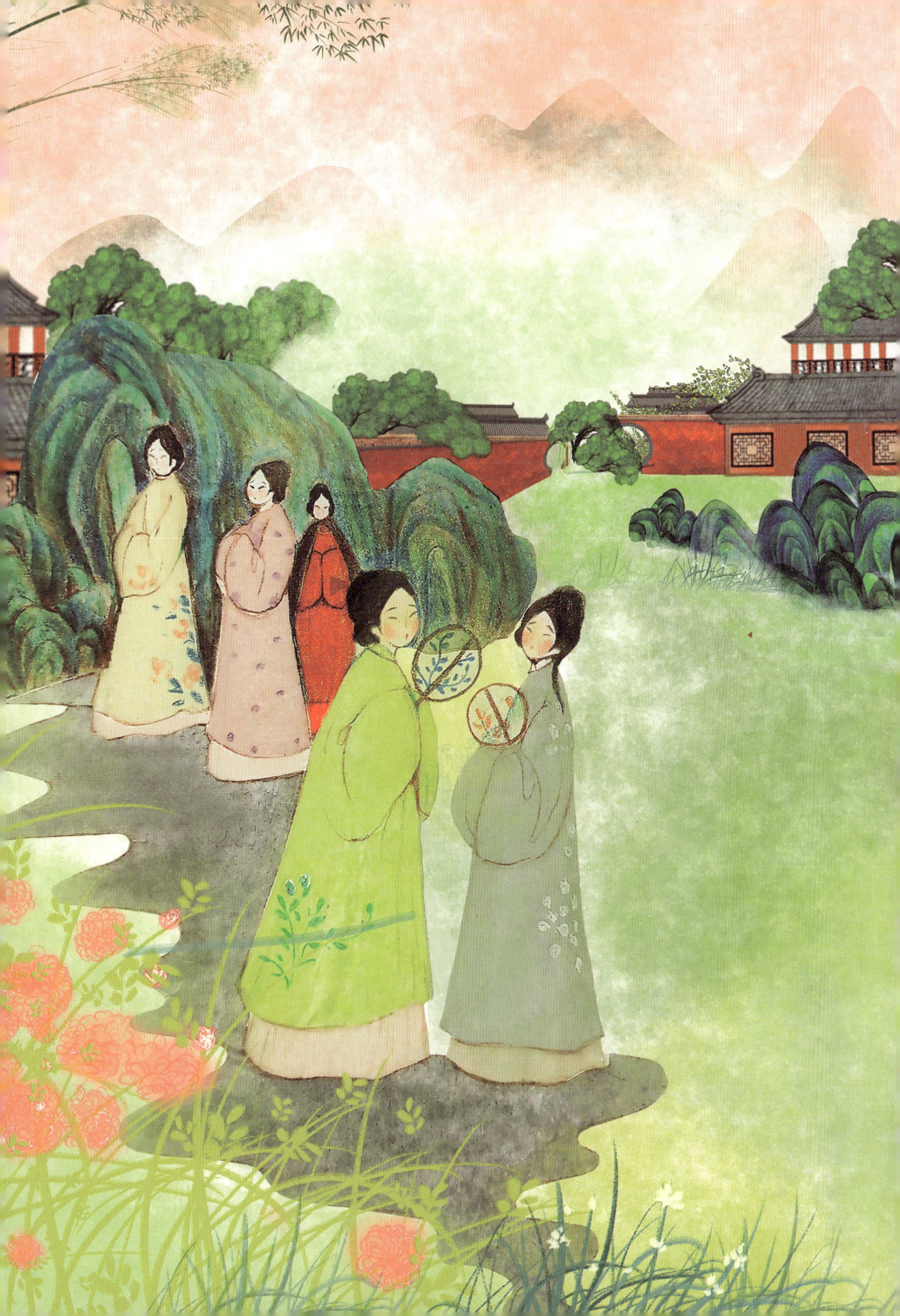

了。宝玉平日里被贾母宠着,从不顾忌什么规矩,当下就禀告贾母,想要回家睡觉。

贾母见状哄着他说:"好好好,那你回去歇息一会儿再来。"

此时一人站了出来,说道:"老祖宗放心,我们府上选一间屋让宝二叔安睡就是了。"说话间便要带宝玉去休息。

这人是谁呢?她又将和宝玉发生什么样的故事呢?

诗词欣赏

赏花

赏花是古人的一种休闲审美活动。品茗饮酒、吟诗作赋,人们在赏花的过程中收获了很多乐趣。唐代诗人韩愈曾作一首七言绝句描绘百花争奇斗艳的场景,生动形象,沁人心脾。

游城南十六首·晚春 唐 韩愈

草树知春不久归,百般红紫斗芳菲。
杨花榆荚无才思,惟解漫天作雪飞。

识词释义

❶**一朝选在君王侧**:出自唐代诗人白居易的长篇叙事诗《长恨歌》,描写了唐玄宗和杨贵妃的爱情悲剧,原句为:"天生丽质难自弃,一朝选在君王侧。" ❷**公主、郡主**:公主是帝王之女的称号。郡主在唐宋时是指太子的女儿,明清时则指亲王的女儿。 ❸**九省统制**:沿古虚拟的官名。统制之名始于宋,为武官的职衔。

第10章 宝玉游太虚幻境

此人就是宁国府少爷贾蓉的妻子秦氏秦可卿。她长得十分漂亮，做事又可靠，贾府上下都很欣赏她。见她出面安排，贾母很是放心，就让宝玉随她去了。

不过，秦氏为何称呼宝玉为二叔呢？因为宁国府的人总体比荣国府低一辈。

荣国府的当家老爷是贾赦、贾政两兄弟，与他们平辈的宁国府老爷是贾敬，也就是贾珍的父亲，所以贾珍其实跟宝玉一辈，秦氏是贾珍的儿媳妇，按辈分算，也就是宝玉的侄媳妇。

这是题外话，回到故事，秦氏带着宝玉来到一个房间安歇。宝玉一进房间，就看见里面挂着一幅画，画中有一位文人和一位老神仙，文人捧书夜读，老神仙手持一根点燃的手杖为其照明。

这幅画名叫《燃藜（lí）图》①，出自一个著名典故：汉代的大文学家刘向酷爱读书，日夜苦读，他的精神感动了一位路过的神仙，后者不仅亲自为其点燃手杖照明，还传授了他几卷天书。这幅画的用意，是劝世人勤学苦读。

画旁边还挂了一副对联，上联写着"世事洞明皆学问"，下联写着"人情练达即文章"。说的是：懂得世间的道理，就是掌握了一门学问；有了应付人情的本事与经验，也能化作文章。意旨做人不能只知道读书，还得懂交际、知人情。

这副对联和画搁一起，意思十分明确，即做人得有学问，同时人情通达，两件事都做好，将来的功名仕途就没问题了。

正是这幅劝人努力的画，犯了宝玉的忌讳。前面提到过，宝玉不爱读圣贤书，不看重功名利禄。

关于他的性格，原书里曾用两首词来形容，一首为：

无故寻愁觅恨，有时似傻如狂。纵然生得好皮囊，腹内原来草莽。

潦倒不通世务，愚顽怕读文章。行为偏僻性乖张，那管世人诽谤！

这首词说得很直白，直指宝玉性情乖张，不通世务，怕读文章，一心只做自己想做的事，从不在乎世人的评价。对于这种做派，曹雪芹也有点评，就是第二首词：

富贵不知乐业，贫穷难耐凄凉。可怜辜负好韶光，于国于家无望。

天下无能第一，古今不肖无双。寄言纨绔与膏粱：莫效此儿形状！

这首词是说，宝玉这种人，富贵的时候不知道建立功业，将来贫穷了肯定也耐不住凄凉，平日里只是白白浪费时光，到头来对国家、对家庭都没什么帮助，称得上是天下无能第一，古今不肖无双，借此劝富贵之家的纨绔子弟，千万别学他。

单从这两首词来看，曹雪芹似乎对宝玉这个主角很不满，要把他塑造成一个反面典型。但细品就会发现，作者其实是明贬暗褒。宝玉天真烂漫、不守规矩，而他所处的时代，封建礼教盛行，许多人满口正义，背地里干的却是肮脏事。

贾雨村就是一个例子，从最初一心报国的书生，到懂得官场规矩、大胆判冤案的奸臣。

宝玉看了画和对联之后，转身就走，忙说："快出去！快出去！"哪管屋里的陈设有多华丽，休息起来有多舒适。

秦氏见状笑了，说道："这间上好的客房都不行的话，那我真不知道该请你到哪儿去休息了。要不你到我的屋子里睡一觉好了。"

秦氏就是开个玩笑，可是宝玉"潦倒不通世务"，在他眼里哪有什么合适不合适的，当即点头微笑。

在场一个老嬷嬷出来劝，说哪儿有叔叔在侄媳妇房里睡觉的道理。嬷嬷是对老妇或者奶妈的尊称，在仆人里地位比较高。

秦氏只好宽慰说："宝玉年纪还小，没什么可忌讳的。"说罢就把宝玉带到了自己的住处。

一进屋子，宝玉就被镇住了。为什么呢？因为这屋子实在是太华丽了。

同时，宝玉闻到一股淡淡的甜香，知是上等香料，再抬眼一看，屋里挂了一幅《海棠春睡图》②。

和之前那幅《燃藜图》不一样，《海棠春睡图》是明代大画家唐伯虎所作，描绘的是杨贵妃半醉半醒、站立不稳的样子。

两边对联写道："嫩寒锁梦因春冷，芳气袭人是酒香。"为宋代婉约派词人秦观所作，说的是一个姑娘因为天冷，睡不着觉，忽然闻到一阵芳香之气传来，原来是一股酒香。这是很雅致的画面，与那幅《海棠春睡图》刚好呼应，让屋子里有一种令人如痴如醉的氛围。

贾宝玉最喜欢这些词句了，沉醉其中，无法自拔。等回过神来左右一看，却见秦氏房中的其他布置也不一般。房中书案上放着一面宝镜，那是女皇武则天用过的镜子。边上摆着一个金盘，那是汉朝美人赵飞燕用过的——相传赵飞燕身轻如燕，能站在盘子上跳舞，这就是她跳舞时用过的盘子。

再看秦氏屋里那张床，是宋武帝刘裕的女儿寿阳公主用过的床。相传这位公主在床上安睡之时，有一朵梅花落到了她的额头上，怎么也摘不掉，皇后看这梅花点在额间很漂亮，从此就形成了一种独特的妆容，叫作梅花妆。床上的帘子也不一般，是用珍珠串成的，称为连珠帐，据说是由唐朝的同昌公主亲手穿成的。

这屋里的装扮，听起来就假，这么多历朝历代的名贵之物，怎么可能都出现在秦氏的屋里？她从哪儿搜集来的？汉唐存在于几百上千年前，那时候的物件要是传下来，估计都烂没了，哪儿还能住人？

但是，《红楼梦》讲的就是如梦似幻的故事，秦氏屋子里的东西越玄妙，越显得接下来的故事有意思。

宝玉进屋后喜不自胜，连声夸赞。秦氏也不说客套话，只说："我这房子连神仙都住得。"

宝玉就这样在秦氏的床上躺下了，秦氏为他垫上《西厢记》里红娘抱过的鸳鸯枕头，盖上四大美人之一西施洗过的被子，瞧这两样东西，也不是凡人能搞得来的。

然后秦氏便退了出去，只留宝玉的几个贴身丫鬟在屋内服侍。宝玉本来就困了，合上眼睛之后，不多时便睡着了。他睡着睡着，不知怎地做起梦来。

在梦中，他似乎看见秦氏走在前面，带他一路飘飘荡荡，来到一个远离红尘俗世、美如仙境的地方。宝玉正胡思乱想之际，忽听背后有歌声传来，一位美丽的仙姑向自己走来。有多美丽呢？原著中形容她："应惭西子，实愧王嫱""瑶池不

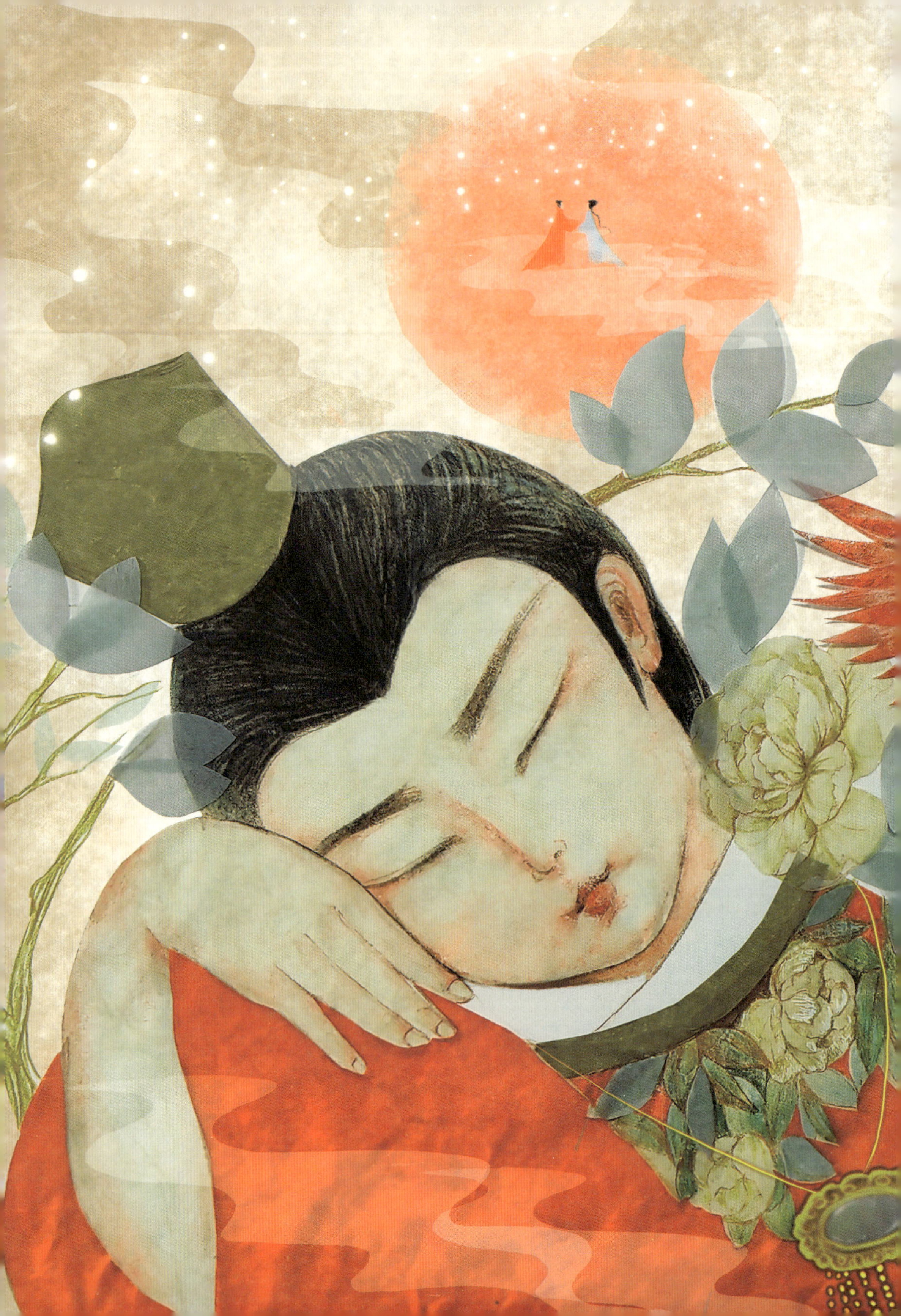

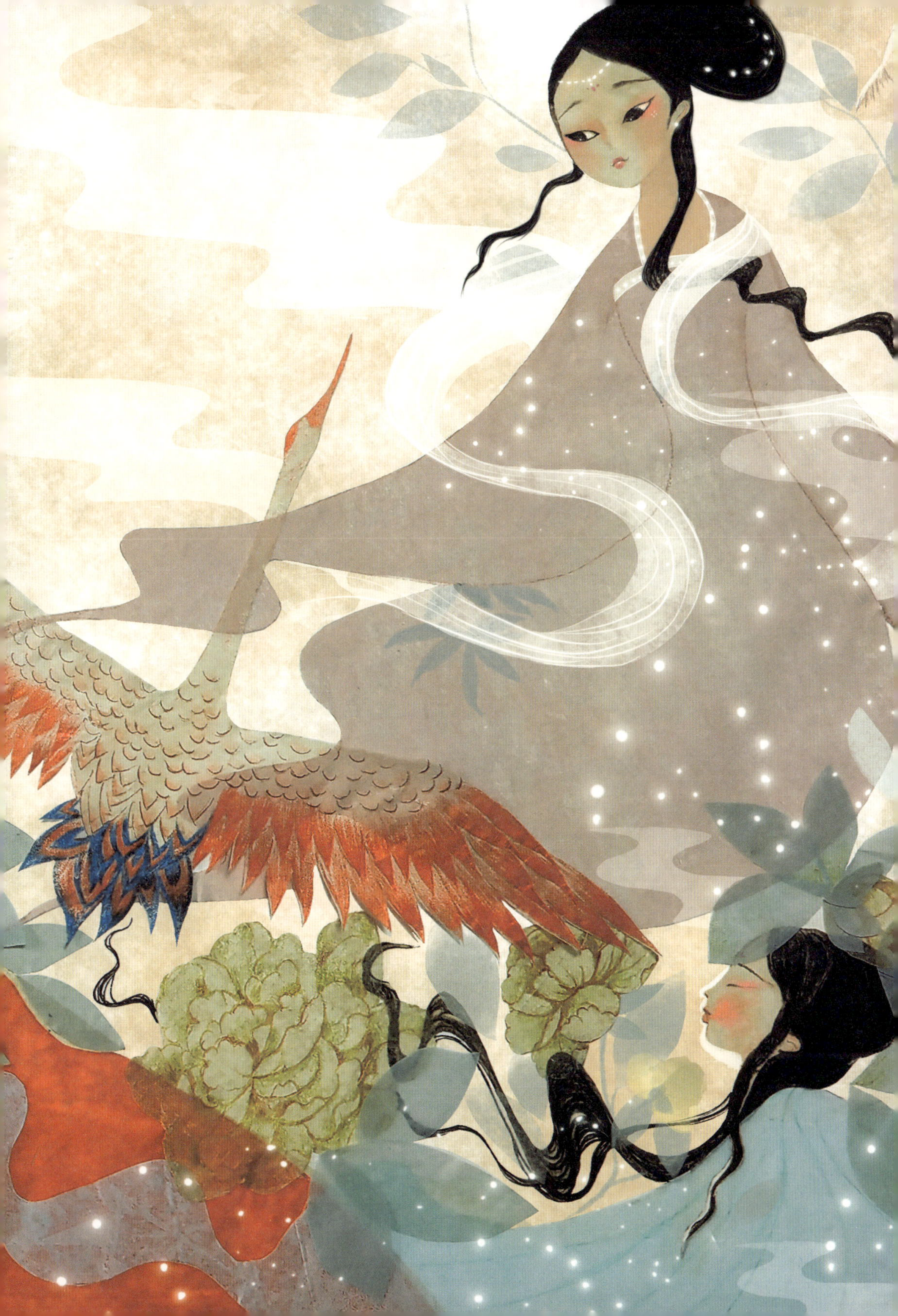

二""紫府无双"。

西子就是西施,王嫱是王昭君,这仙姑能让她俩自惭形秽,可见有多漂亮。而瑶池、紫府都是神仙的居所,可见这位仙姑的相貌在神仙当中,也是独一无二的。

宝玉赶紧上去作揖,问道:"不知神仙姐姐是从哪里来?要往哪里去?我初来乍到,也不知道这是什么地方,还望指点一二。"

仙姑回答说:"我是太虚幻境警幻仙子,常住于离恨天之上,灌愁海之中,司掌人间的风情月债。如今听说世间痴男怨女甚多,便出来看看,访察一番。既然碰见你,说明你我有缘,正好我的住处离此不远,你与我一同游赏如何?"

前文讲过,当初神瑛侍者和绛珠仙子要下凡,找的便是这位仙子,而当年甄士隐做梦,看见的也正是警幻仙子所掌的太虚幻境。如今宝玉有缘,也得到一次梦游仙境的机会。听到仙子邀请,宝玉欣喜万分,当即随仙子同行,早忘了秦氏的踪影。

两人来到一处牌坊前,上面有"太虚幻境"四个大字,两侧写有对联:"假作真时真亦假,无为有处有还无。"

宝玉在太虚幻境中经历了什么呢?

诗词欣赏

《海棠春睡图》

实际上，此图是否实有，未有定论；两边的对联，后人也并未在秦观存世的《淮海集》中见到。故有一种说法是，此为作者曹雪芹创作故事时的拟作。历史上唐寅唐伯虎是否作过此画、秦观是否作过此联，不可考。不过，唐伯虎确有写过一首关于海棠美人的诗。

题海棠美人　　明 唐寅

褪尽东风满面妆，可怜蝶粉与蜂狂。
自今意思和谁说，一片春心付海棠。

识词释义

❶**《燃藜图》**：此图题材取自六朝无名氏《三辅黄图·阁部》中记载的故事："刘向于成帝之末，校书天禄阁，专精覃思。夜有老人著黄衣，植青藜杖，叩阁而进。见向暗中独坐诵书，老父乃吹杖端，烟然，因以见向……" ❷**《海棠春睡图》**：关于贵妃醉态的记载，见于唐代郑处诲编撰的《明皇杂录》："上尝登沉香亭，召妃子。妃子时卯酒未醒，高力士从侍儿扶掖而至。上皇笑曰：岂是妃子醉耶？海棠睡未足耳。"

第 11 章 红楼曲中听命运

里面有一座宫门，左右两排配殿，配殿就是位于正殿两旁的房子。每一排配殿外都挂着牌匾，两边都有对联。一眼看去，只见上面有几处分别写着"痴情司""结怨司""朝啼司""暮哭司""春感司""秋悲司"。看来，这些都是警幻仙子手下的部门，人间男女如何相爱，闹了别扭为对方流泪，都归这儿管。

宝玉非常感兴趣，便央求警幻仙子带他去看看。来到门口，只见门匾上有"薄命司"三个字，两旁的对联上写着："春恨秋悲皆自惹，花容月貌为谁妍。"

"薄命"指生来命运不好，无福分。可见，这屋子里的档案，记录的都是那些容貌美丽却命途坎坷的女子。至于那副对联，则是说这些薄命女子之所以不幸，都是因为深陷情感之中不能自拔，给自己惹来了麻烦。

二人推门而入，只见里面放着十数个巨大的书橱，每个书橱里都放满了卷宗、书籍。书橱门上贴着封条，标着各个省份地区。所有资料按地点分门别类，摆放得整整齐齐。

宝玉径直找到金陵所在的书橱，见上面写着几个大字——"金陵十二钗正册"。

"钗"就是女子插在头发上的钗子，用来代表女子；"十二钗"就是金陵的十二位女子。用来记录最优秀的十二位女子的册子，就叫正册。除了正册，还有副册。旁边书橱上便写着"金陵十二钗副册"，在副册旁边的书橱上还有"金陵十二钗又副册"。

宝玉从又副册中挑了一卷，打开翻看，见卷首有一幅画和一首词，画的不是什么美人山水，而是一团水墨滃（wēng）染，好似满纸乌云。

这里有一个小知识点，水墨滃染是一种绘画技法，就是用水墨去浸润纸张渲染画面层次。这样作出来的画，几乎看不出笔痕，就像是墨汁自然而然地铺开一样。

宝玉再看，后面的词写道："霁月难逢，彩云易散。心比天高，身为下贱。风流灵巧招人怨。寿夭多因诽谤生，多情公子空牵念。"

这些画和字暗指故事中的一个人物，她叫晴雯，是宝玉的丫鬟。"晴雯"指天气晴朗时天边带着花纹的云彩，暗合上面那首小词。名字指的是晴空和花纹云彩，词里写的是雨后和彩云易散。

别忘了，这是薄命司，这里的姑娘都注定红颜薄命，迎来悲剧结局。至于"多情公子"，指的就是宝玉自己。

但宝玉看不懂这词的意思，他往下翻，又见一幅画，画着一簇鲜花、一床破席，画边也有几句话："枉自温柔和顺，空云似桂如兰；堪羡优伶有福，谁知公子无缘。"

这几句话是说这位姑娘虽然温柔和顺，却跟喜欢的公子没有缘分，到最后嫁给了一个唱戏的人。

宝玉不知这说的是谁，但我们知道，她就是宝玉身边的另一个丫鬟袭人。袭人性情好，"温柔和顺"。她本名花珍珠，跟了宝玉之后，宝玉一时兴起，才给她改名袭人，取自陆游的一句诗"花气袭人知骤暖"，意思是闻到花香就知道春天到了，天气暖和了。"空云似桂如兰"，桂花和兰花香气都很大，刚好和花袭人的名字相合。

讲到这里，已经很清楚了，金陵十二钗基本都是宝玉身边的人。这是作者给的暗示，也是故事人物命运的预言。

宝玉看不懂，干脆放下这册卷宗，转而打开了副册、正册，可还是看不明白。不过，宝玉越看越觉得心里沉甸甸的，舍不得放下。

眼见宝玉还想继续看，警幻仙子知道他天分高，恐泄漏天机，便将他带了出去。

倏忽之间，宝玉又跟着仙子来到一座豪宅之中。这里雕梁画栋，极其精美，即使宝玉是人间的贵公子，也被惊得睁大了眼睛，正在欣赏之时，只听警幻仙子喊道："你们快出来迎接贵客！"

接着几位仙子从房中飘然而出。宝玉刚想行礼，却见仙子们皱起眉头，其中一人问道："姐姐，你不是说贵客吗？怎么来的是如此污浊之物，而不是绛珠仙子的生魂呢？"一席话说得宝玉自惭形秽。

听到妹妹抱怨，警幻仙子倒也不急，她解释道："我今天确实是要到荣国府去接绛珠仙子的，只是路过宁国府的时候，荣国公和宁国公的灵把我拦住了，说贾家如今气数将尽，儿孙之中没有能继承家业的人，只有一个名叫宝玉的孙儿，虽然性情乖张，但好在足够聪明，还算有救，央求我把他带上天来教导一番，希望能帮他脱离情欲声色的纠缠，专心走上正路。"

也就是说，宝玉能有这番经历，是因为他的老祖宗想借此把他引到读书做官的正路上去。之前警幻仙子允许宝玉参观薄命司，也是想让他从痴男怨女的悲剧中吸取教训，好好读书，担起责任，撑起家业。只可惜，宝玉悟性不够，参不透这一层。

既然警幻仙子自有道理，众仙子也不再反感宝玉，引着他走进内屋。里面的装饰更加讲究，瑶琴、宝鼎、古画、新诗……应有尽有。仙宫里点的香名叫"群芳髓"，乃是用仙山中的花草树木提炼而成，闻起来动人心魄。仙宫丫鬟端上来茶，其名叫"千红一窟"，随后又端上酒，其名叫"万艳同杯"，由名贵之物酿造而成。

这茶和酒的名字，自然也少不了作者曹雪芹的暗示。"千红万艳"是指女子，而"千红一窟"一听就明白，是指女子一同哭泣。而"万艳同杯"则暗含众多女子一同悲痛之意。前文提到过，警幻仙子一直在设法提点宝玉别沉湎于风月情事中，所以才会给他上这两种茶和酒。

不过，宝玉听不懂这弦外之音，只是连声夸赞茶好酒美。

几番闲聊之后，警幻仙子问宝玉："我们宫里最近排练了一套歌舞，名叫《红楼梦》，你要不要听一听？"宝玉连连点头，说全听仙子的安排。

古代的歌舞曲子是很讲究的，不是唱一首歌就完了，而是一整套好几首歌，有开头有结尾，当中有完完整整的故事。一般开头一个人上来唱，告诉观众这套曲子讲的是什么故事，这叫引子。中间故事部分，一个故事场景就是一首歌，每首歌的曲调都不一样，里头也有不少讲究。到最后，还有个收场落幕的曲子，为整套歌舞做总结，给观众看一个结局。如此构成一套歌舞。

《红楼梦》就是如此，一共十二首曲子，每首都十分绝妙。《终身误》《枉凝眉》，听得人销魂醉魄；《恨无常》《分骨肉》，听得人悲从中来；再来一首《喜冤家》……每首曲子都有所指，讲的也都是宝玉身边女子们的故事，可惜宝玉全没听出来。

在这里没法一一讲明白，只能挑其中比较出名的一首讲讲。这首曲子名叫《聪明累》。什么意思呢？不是说聪明的人活得很累,而是说聪明反被聪明误。

曲词是这么写的:"机关算尽太聪明,反算了卿卿性命!生前心已碎,死后性空灵。家富人宁;终有个,家亡人散各奔腾。枉费了意悬悬半世心,好一似,荡悠悠三更梦。忽喇喇似大厦倾,昏惨惨似灯将尽。呀!一场欢喜忽悲辛,叹人世,终难定!"

说的是,一个人心机太重,天天算计这个算计那个,把所有人都算计了,结果算到最后,把自己的命给搭了进去。其中"卿卿"二字,一般是古代夫妻之间的爱称。贾宝玉身边的女子里,有谁担得起机关算尽的说法?自然是二嫂子王熙凤。王熙凤年纪轻轻,就能把荣国府所有事务处理得井井有条,见人说人话,见鬼说鬼话,是荣国府上下最善于察言观色与演戏的人。这首《聪明累》写的就是王熙凤。

从曲子来看,王熙凤的结局并不好,她为了家富人宁,费尽心思忙前忙后,结果落得曲终人散、家族败亡的下场,着实让人叹息。

对于宝玉来说,这首曲子就更难懂了,什么生前死后、机关算尽,他平日里天真烂漫,哪儿懂这些东西。这不,别的仙子听得津津有味,宝玉却觉恍惚。

警幻仙子一声长叹,命人撤走歌舞器具,屏退了众人,然后送宝玉进了一个绣阁中,里面有一位仙子。这仙子长得花容月貌,似宝钗般鲜艳妩媚,又像黛玉般袅娜(niǎo nuó)[①]风流。

警幻仙子说道:"我受你的先祖宁荣二公嘱托,不忍心看你

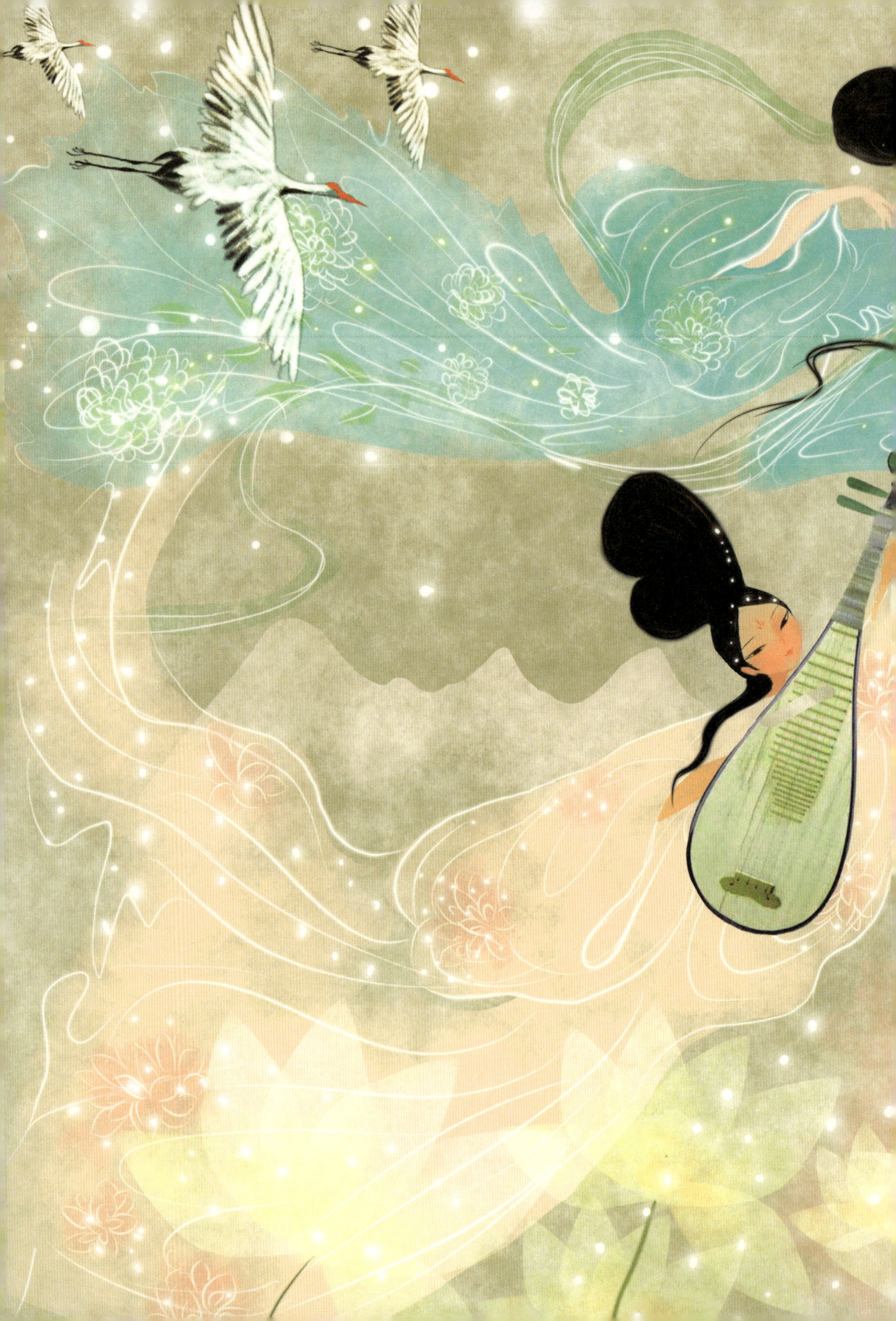

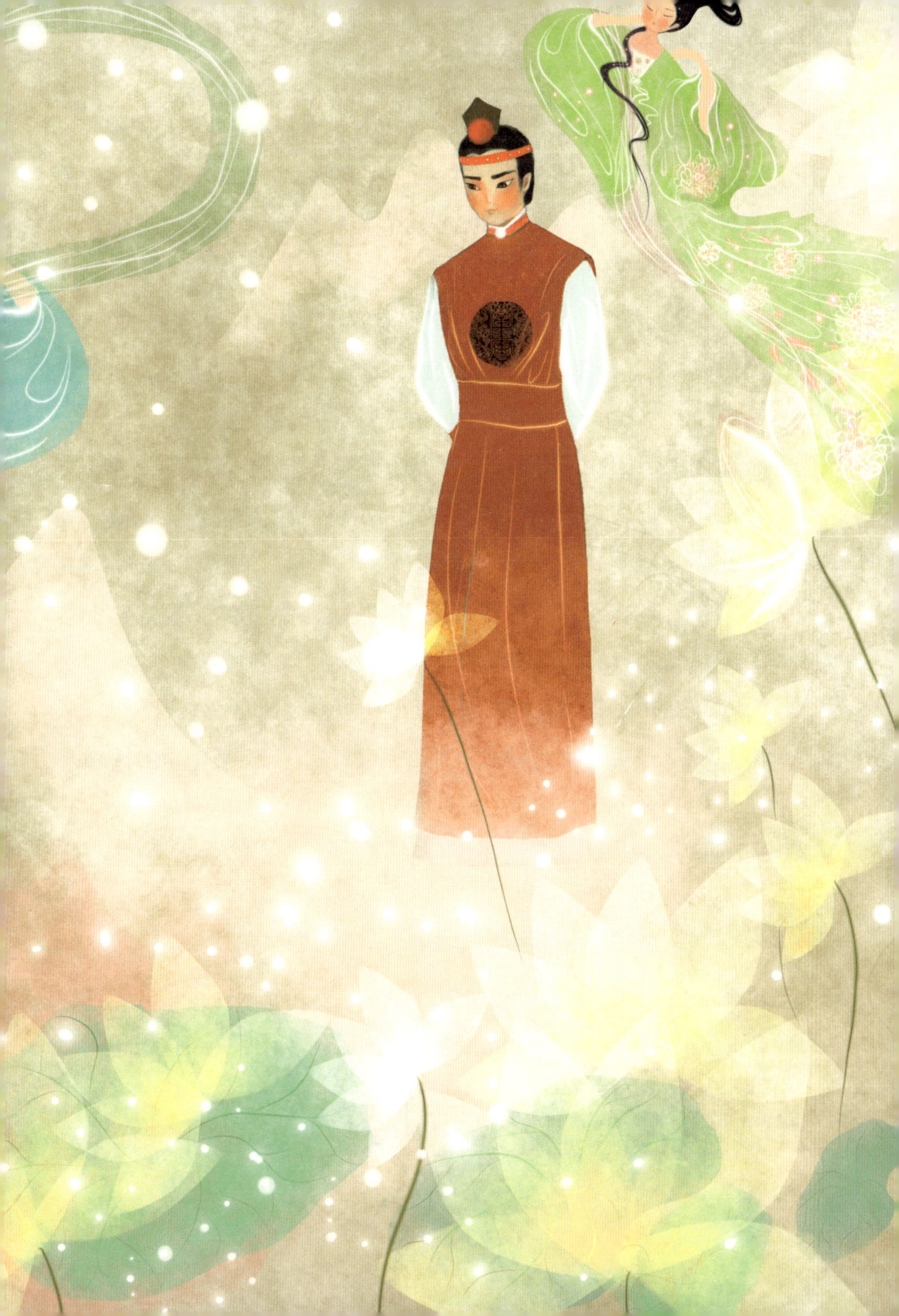

被世道所弃，故引你前来。我给你品过仙酒仙茶，还专门演了妙曲警示于你，奈何你仍不领悟。这是我的妹妹，乳名兼美，字可卿，今天许配给你。望你从今往后醒悟改过，专心于孔孟之学，委身于经济之道②。"接着便离开了。

后来，可卿、宝玉两人携手在太虚幻境中游玩。玩着玩着他们来到一片河滩，此处荆棘遍地、虎狼成群，有黑色溪流阻拦去路，无桥可通，一看就不是好地方。

他们正犹豫之间，警幻仙子从后面追来，说道："这里是迷津，有万丈之深。你若不小心坠落，就枉费我之前的谆谆诚诲了。"

迷津是佛家用语，"津"有河流的意思，"迷津"就是迷路了找不到渡河的地方，常用来比喻人迷茫、不知所措的状态。我们常说的指点迷津，就是指帮别人从这种状态里走出来。

突然一声巨响，迷津之中冒出无数海鬼夜叉，要把宝玉拖进去。宝玉吓得汗如雨下，失声求救。他放声大喊道："可卿救我！可卿救我！"

他的喊声，没把仙子喊来，却把现实中的姑娘们惊到了。

之前说了，宝玉的这场梦是在宁国府睡觉时做的，他睡觉的地方正是秦氏的住处。宝玉睡下之后，秦氏在门外和几个丫鬟逗猫狗玩，忽然听见屋里宝玉大喊"可卿救我"，她纳闷道："我这小名儿从没跟荣国府的人说过，他是怎么知道的？"

她急忙进屋，见宝玉衣冠不整，魂不守舍，浑身冒着冷汗，呆呆地坐在床上，似是还没睡醒。袭人等丫鬟们连忙为宝玉端上一碗桂圆汤，让他喝口汤压压惊。

当着这么多丫鬟们的面，秦可卿不好细问宝玉为什么知道她的小名。

袭人帮宝玉穿戴好衣服后，就带宝玉去了贾母处吃晚饭，随后便回家了。在此之后，宝玉每日仍跟黛玉、宝钗等姐妹赏园观花、吟诗作对，过得不亦乐乎。警幻仙子白费了功夫，她的警告还是被当作了耳旁风，宝玉并没有将梦放在心上。

宝玉的生活暂且打住，接下来说说一个小户人家。

诗词欣赏

聪明反被聪明误　　意思是自以为聪明，反而被聪明耽误或者妨害了。出自宋代苏轼的《洗儿戏作》，诗中苏轼反讽了自己，指出世人皆希望孩子聪明，但"我"却希望孩子愚笨迟钝，无灾无难，平安顺利当上公卿，因为"我"就被聪明耽误了一生，屡遭贬谪。

洗儿戏作　宋 苏轼

人皆养子望聪明，我被聪明误一生。
惟愿孩儿愚且鲁，无灾无难到公卿。

识词释义

❶ **袅娜：** 形容草木柔弱细长，或女子姿态优美。　❷ **经济之道：** 在古代指使社会繁荣、人民安居乐业的治国济世之道。

第12章 刘姥姥一进荣府

　　这户人家姓王，是京城本地人，祖上早些年做过一个小京官，认识了王夫人的父亲。为了攀附权贵，他们主动去认亲，拜王夫人的父亲为叔叔，将自己认作同宗的侄子。这种方法贾雨村去拜见贾政的时候也用过，可见在当时是普遍现象。

　　不过这个小官早早便因病去世。他死后，他们家也就萧条败落了，儿子王成被迫搬到城外，找了个僻静省钱的乡村居住，靠着种地养活家人。到如今，王成也去世了，他的儿子小名狗儿，继承了家业，接着当种地的农夫。

　　说个题外话，不是王成坑儿子，胡乱取名字，实际上，这是一种沿袭至今的现象。

　　古代生活条件、医疗水平都不高，孩子出生之后，一旦遇灾闹病，就容易夭折。古代科学也不昌明，孩子死了，古人就认为是其命不好，被阎王爷派来的索命鬼带走了。

为了不让索命鬼盯上自家的孩子，有人就想了个办法，给孩子取个贱名。这样一来，说不定就能把索命鬼骗走，让自家孩子健康成长。时间长了，很多人都这么干，就有了"名字贱好养活"的说法，一直流传至今。

狗儿家中现今共有四人，除了他自己，还有妻子刘氏以及一儿一女。狗儿平日里要耕田种地，妻子刘氏要忙着打水舂（chōng）米、收拾庭院、操持家务，两人都忙得没功夫照顾年幼的孩子，于是把丈母娘请过来了。

狗儿的这位丈母娘人称刘姥姥，寡居多年。她到了女婿家之后，一心一意地帮忙带孩子。

这年冬天，收成不好，种出来的粮食仅够糊口，没有多余的粮食能拿去卖钱，也就没钱置办过冬的东西。眼看天气一天比一天冷，孩子们的冬衣还没着落，狗儿却想不出什么挣钱的办法，只能在家里喝闷酒，生闷气。

见狗儿苦恼，刘姥姥劝他说："你别只管生气，想点办法啊，咱们这儿怎么说也是在天子脚下，城里到处都是挣钱的门道。"

一听这话，狗儿急了，顾不上有礼无礼，说道："您这话就不讲道理了，京城里是钱多，但都是人家的，您难道是想让我去京城里抢劫不成？我又没有做官的朋友，还有什么法子可想？"

刘姥姥说道："谋事在人，成事在天。我倒想出一个办法。二十年前你们家跟金陵王家还有一门亲戚，现在金陵王家的老爷子虽然已经不在了，但他家的二小姐还住在京城，如今已是荣国府贾二老爷的夫人。咱要能攀上这门亲戚，这钱不就有了吗？"

对于刘姥姥提的办法，狗儿却有点为难："我倒是想去认亲戚，可人家认咱们吗？人家是高门大户，咱这样的穷亲戚，人家躲还来不及呢。"

他的妻子刘氏也接话说："就是啊，就咱家这副穷样，到了人家家门口，不说见什么夫人了，估计门口的家丁就得把咱轰走。到时候平白无故挨顿打，不是自找着出丑丢人吗？"

这就是夫妻俩不了解情况了。刘姥姥早就打听过，王夫人是个爽快人，从不摆架子，加之如今年纪大了，想着积德行善，平日里没少接济穷人，将斋食①施给僧人。

刘姥姥告诉狗儿夫妻："咱也不是去求啥大财，只求人家施舍一点儿小钱。只要他们发点好心，拔根寒毛都比咱们的腰壮呢！"

听到这里，狗儿动了心思，只是他仍有顾虑。讨钱也是有讲究的，一个青壮年自己能卖力气挣钱，干吗来找人家要，若是直接跑上门去讨钱，容易被人家打出来。狗儿的老婆也不行，那个时代的年轻媳妇，不能随便抛头露面，若是让她出去讨钱，别人肯定要指指点点，说这家的男人没本事。

狗儿想来想去，能出面的就只有刘姥姥了。一来她年纪大了，平日里没少走街串巷地串亲戚，让老人家出面走动是情理之中。二来，中国人自古以来讲究尊老爱幼，到时候荣国府的人见老人上门，肯定拉不下脸来往外轰，施舍些银两的可能性更大。再加上，刘姥姥多年前见过这位姑太太，她去最合适。不过，光刘姥姥一人去还不行，最好再带上他的小儿子板儿，一老一小出马，更好办事。

狗儿把想法告诉了刘姥姥，刘姥姥没推辞，不过她也有顾虑："都说'侯门似海'，我是你岳母，和你们王家没什么关系，万一人家不认怎么办？"

狗儿说道："您先去找王夫人的陪房②周瑞周大爷，他先前跟我父亲有交情，受过我家的恩惠，让他帮咱们通报一下。"

刘姥姥觉得这样甚好，第二天便带着小外孙出了家门，直奔京城而去。板儿才五六岁大，对人情世故一概不知，一听说姥姥要带自己进城，别提多兴奋了，一路上欢天喜地的。

到了荣国府门口，刘姥姥见门口站着七八个家丁，个个挺着胸膛，叠着肚子，一副傲慢的样子。可见大户人家的家丁也与普通人家的不一样，虽然地位不高，只是仆人，但他们吃得饱穿得暖，也看不起街上的穷苦路人。

见到这个阵势，刘姥姥有些紧张了，她先是掸了掸衣服，在脸上抹了两把，把赶路时候沾的灰擦掉，又教了板儿几句："待会儿你见了人，可千万要机灵点儿，多说好话，别瞎说，不然可是要误事的。"这之后，她才带着板儿蹭向了荣国府角门前。

什么叫蹭呢？就是走走停停，一边走一边犹豫。

那几个家丁正在说东谈西，刘姥姥走近说道："太爷们纳福啊。"

这是句吉祥话,意思是几位太爷今后有福可享。刘姥姥的姿态摆得谦卑至极。众人打量了一会儿问道:"你从哪里来?"

刘姥姥赔笑道:"我找太太的陪房周大爷。"

那几个家丁听了却不搭理她。过了好一会儿,见刘姥姥不走,才有一个家丁答话:"到那个墙角等着,过一会儿家里就有人出来了。"

一个老家丁还算有点善心,他教训道:"你们何苦耍一个老太太呢?这不是耽误人家的事吗?周大爷不在,你可以先到他家里去找他娘子。你从这边绕到后街门那边找吧。"

刘姥姥赶紧拜谢,随后拉着板儿绕到了后门处。这里充满生活气息,街道两旁有不少小摊,还有些挑着担子卖东西的人,卖吃的卖玩的都有,吵吵嚷嚷,热热闹闹的。不仅如此,门口还有二三十个小孩子蹦蹦跳跳地玩闹。

刘姥姥拉住一个孩子打听周家的住处:"有个周大娘在家吗?"那孩子便引着她进了后院。

见到人后刘姥姥迎上去,笑呵呵地说:"你好啊,周嫂子!是我找你,你还认得我吗?"

这里要说一下,原著中对周嫂子的称呼很独特,叫她"周瑞家的",这是当时一个约定俗成的称呼。但按原著的叫法有些烦琐,所以本书中就称呼她为周大娘了。

周大娘见过刘姥姥,想了半天,认出来说:"哎呀,是刘姥姥，你好呀！你看看我这记性，才几年啊，差点没认出你。快进来坐。"

说着，周大娘将刘姥姥祖孙俩引进屋，还命自家雇的小丫头端上茶点。

周大娘说道："板儿如今都这么大了。"然后问了问今年收成如何，近来身体怎么样，最后说道："你们今日上门，是路过顺便看看，还是特地来的啊？"

刘姥姥马上回答："我原是特地来瞧瞧嫂子。再就是，也想向姑太太请个安。如果您能领着我去见一见更好，如果见不了，劳烦嫂子替我们转达一下问候也好。"

"姑太太"指的就是王夫人。

周大娘想了想没拒绝刘姥姥，原因有二：一是当年周瑞在城外买田产，惹了些麻烦，多亏狗儿家的人相助才解决问题，现在刘姥姥有事相求，他们难却其意。

二是她想要在刘姥姥面前显摆显摆，让她看看自家的体面。所谓"富贵不还乡，如衣锦夜行"③，不炫耀岂不白费他家的好日子。

于是，周大娘说道："姥姥你放心，你诚心诚意地大老远来一趟，我哪能让你见不着真佛呢？本来我不负责通报消息的事，但你也算是太太的亲戚，我就破个例，帮你通报一声。不过有件事得提前跟你说一下，如今太太已经不怎么管事了，都是琏二奶奶，也就是太太的侄女，当年王家大舅老爷的闺女，小名

叫凤哥儿的那位当家。"

刘姥姥听了这话,赶紧问道:"要是这样的话,我今天还得见见她了?"

周大娘猜到刘姥姥是来要钱的,她知道这事得找王熙凤才行。帮人帮到底,送佛送到西,她回答说:"这个自然,今天宁可不去见太太,也得见一见她,这样才不至于白跑一趟。"

当下,周大娘叫来丫头,让她到院内打听打听,看看老太太屋里摆饭了没有。之前说过，贾母吃饭，王夫人、王熙凤等人要去伺候，周大娘得算好时间，才方便带刘姥姥去见王熙凤。

一贫如洗的刘姥姥跟精明世故的王熙凤第一次见面会发生什么故事，请继续往下看。

诗词欣赏

借钱

无论古今，借钱一事人们都羞于启口。但为了生存，很多人再无奈也只能如此。"诗圣"杜甫晚年时穷困潦倒，走投无路的情况下，曾作诗一首向高适借钱，却成了千古名篇。诗文如下。

因崔五侍御寄高彭州　唐　杜甫

百年已过半，秋至转饥寒。
为问彭州牧，何时救急难？

识词释义

❶**斋食**：指素食，以蔬菜、豆制品为主的食物，一般指人们斋戒时的饮食，寺庙中提供的食物。　❷**陪房**：指古代随嫁的仆人，多指女仆。　❸**富贵不还乡，如衣锦夜行**：指人富贵了不返回家乡，就像穿锦衣华服在夜间走路一样，谁都看不见，应当荣归故里。

第13章 凤姐世故好话多

趁着丫头去府里的空当，刘姥姥问道："这凤姑娘不过十八九岁吧，就能当这样的家，真难得啊！"

周大娘如实回答说："我的姥姥啊，别看凤姑娘年纪小，她的本事可大着呢，如今已经是个出挑①的美人儿了，少说有一万个心眼。若是要跟人耍嘴皮子，十个男的也说不过她，待会儿你见了就知道了。只是她对下面的丫鬟仆人要求太严格了些。"

正说着，丫头回报："老太太屋里已经摆完了饭，二奶奶正在太太屋里呢。"

周大娘忙站起身来，催着刘姥姥朝外走："太好了，咱们赶紧到琏二奶奶的住处等着。"

要知道，王熙凤平日里特别忙，谁有事都得来求她，来的人多了，有时候她到晚上都不一定处理得完。

现在王熙凤伺候完贾母吃饭，就会回到自己的住处吃饭。这段时间是没人来求着办事的。周大娘她们若是先等在王熙凤的住处，就可以趁机先见王熙凤。

刘姥姥当即抱起板儿，又教了板儿几句话，很快来到了王熙凤的住处。到了门口，周大娘自己进去找一个叫平儿的姑娘。

平儿是王熙凤的通房大丫头②，照顾男女主人的起居。当主人不在家的时候，也捎带着管理家里的事。

周大娘找到平儿之后，把刘姥姥的事原原本本地说了一遍。平儿马上拿定主意，说："你先叫他们进来，在屋里等着，等二奶奶回来再作安排。"

刘姥姥进屋后，一股浓郁的香气扑面而来。大户人家都熏香，刘姥姥几时闻过这种东西，顿时感觉好像飘在云中一般。再一看，屋里各处都是金光闪闪的，什么金银饰品、珍珠翡翠，熠熠生辉，晃得她头晕目眩。她也不敢多说什么，只是低头不停地咂嘴念佛。

走进东边屋里，平儿正坐在炕上等着。刘姥姥看眼前的姑娘穿金戴银，一身绫罗绸缎，长得又是花容月貌，以为这就是凤姐，才要称呼"姑奶奶"，周大娘就介绍道"她是平姑娘"。刘姥姥方知自己差点惹了笑话。

平儿跟刘姥姥寒暄了几句，又安排了茶点，便让刘姥姥和板儿在炕边坐下。刚一坐下，刘姥姥就听见屋里有"咯当咯当"的响声，很有规律。

她四下张望，只见堂屋正中的柱子上挂了个匣子，匣子底下坠着一个秤砣一样的东西，止不住地左右晃荡。刘姥姥正想着这是什么东西，却听"铛"的一声，犹如鸣金敲钟一般，吓得她差点从炕上摔下来。

刘姥姥刚想问这是什么，就见屋里的小丫头们一齐往外跑，说着："奶奶回来了！"

刘姥姥看见的匣子，明显是个大座钟。钟表是明朝时从西洋传入中国的，在古代是稀罕物件。

随后刘姥姥便听到外面传来一阵笑声。又是未见其人，先闻其声。

等着王熙凤召见的刘姥姥祖孙俩，按平儿的叮嘱静静等着。刘姥姥在屋里一动也不敢动，但板儿可坐不住了。

刘姥姥见外孙到处乱摸，赶紧把他搂过来，教训他说："小祖宗，你可千万别乱动，碰坏了什么东西咱赔不起。"

正当两人较劲的时候，屋外进来两三个妇人，手里都捧着一个漂亮的漆器盒子，进来后也不说话，只是站在两旁等候。刘姥姥正纳闷呢，只听屋外传来一声："摆饭。"

过了会儿，有两个人抬了一张炕桌，放在这边的炕上。炕桌就是炕上摆着的那种小桌。桌上放着鱼肉，一看就是有钱人吃的东西。

板儿伸手就要去抓，刘姥姥上去就是一巴掌。此时周大娘笑嘻嘻地从屋外进来了，抬手示意他们过去那边屋里。刘姥姥

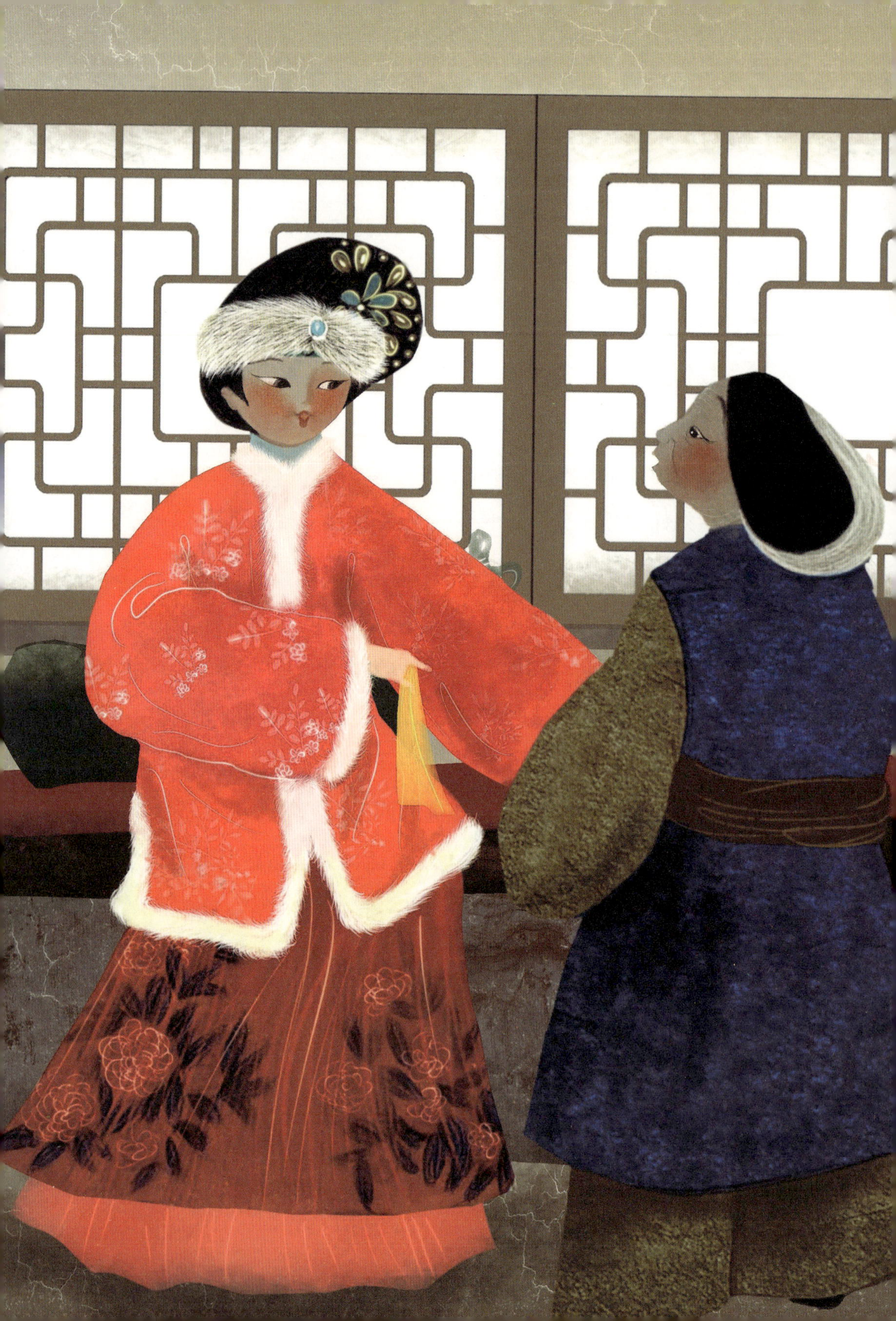

赶紧一把抱起板儿，跟着周大娘来到了堂屋。

王熙凤所在的房子共有三间，当中一间堂屋，左右两边各有一间内屋，刘姥姥刚才在东边的屋里，现在则来到了西边屋子的门口。王熙凤自外面回来之后，就暂时待在这里。

进屋之前，周大娘叮嘱刘姥姥，待会儿见了二奶奶说话要注意点儿，如此这般交代一番后，才带着刘姥姥进了门。

屋里又是一番华丽景致。靠南的窗下有一张炕，炕上有条大红色的毡子，还铺着金线织的褥子。炕头放着精致的靠背和靠枕，边上放着一个银唾盒，用来吐痰。

再一看，王熙凤就坐在炕上，她一身冬装，戴着昭君戴过的式样的帽罩，穿着桃红撒花袄，下身着一件大红皮裙，艳丽逼人。此刻她正端坐在那儿，拿着铜制的火箸子拨手炉里的香灰，显得有些意兴阑珊。平儿站在她身旁，手里端着一个填漆茶盘，里面有一个我们常见的那种带盖的茶碗。

王熙凤没听见刘姥姥进来，只在那儿慢悠悠地说："怎么还不请进来？"一边说着，一边抬手要拿平儿捧着的那碗茶。

拿茶的时候一抬眼，刚好看见刘姥姥。她立刻满面春风地问好："哟！老人家已经进来了啊，怎么不早说一声。"

刘姥姥已经在地上拜了几拜，说着："问姑奶奶安。"

王熙凤忙拦着说："周姐姐，赶紧把老人家扶起来，别拜了。我年轻，不大认得亲戚，也不知道老人家是什么辈分，我该怎么称呼啊？"

从这里可以看出，王熙凤情商高，跟谁都能客客气气地说话，给别人留足了面子。

周大娘立即回答说："这就是刚才我跟您说的那位刘姥姥。"

王熙凤点了点头。刘姥姥在炕上坐下了，并把板儿从身后拽过来说："快，去给姑奶奶磕个头。"

板儿刚才挨了顿打，这会儿正闹别扭呢，就是不肯上前作揖。

看到这一幕，王熙凤笑了："亲戚之间不大走动，现在都疏远了。知道的呢，说你们嫌弃我们，不肯常来。不知道的呢，还说我们眼里没人，看不起你们。"王熙凤嘴上占便宜，几句话就把疏远亲戚的罪名扣到了刘姥姥他们头上，把自己府上人嫌贫爱富的傲慢摘了个干净。

但刘姥姥也是个会说话的人，她顺着往下说："我们家道艰难，这亲戚走不起，来到您府上，无端地给姑奶奶打嘴，就是管家爷们看着也不像。"

"打嘴"是个俗语，有丢脸、出丑的意思。简单说就是，我家太穷，贸然跑来认亲戚，那是丢姑奶奶您的脸，门口的家丁也会看我不像亲戚，不让我进来。

王熙凤听出刘姥姥的弦外之音，笑道："俗话说了，朝廷还有三门穷亲戚呢，我们家只不过借着祖父的虚名，做了个穷官罢了，也没什么钱财，看着屋子大，实际上是个空架子。"

说着她又问周大娘："这事回了太太没有？"

她这句问话的意思是，刘姥姥是来找王夫人攀亲戚的，得问问王夫人的意见。

周大娘回答说:"这事还没跟太太说呢,得先听您怎么安排。"

王熙凤说道:"那你就去禀告太太,她若是有事的话,就别禀告;若是没事,就把这事说说,看太太怎么说。"

周大娘领命走了。待她走后,王熙凤让人端上些果子、零食给板儿吃。板儿不客气,伸手抓过来就往嘴里塞,一口还没嚼完,另一口就塞进去了。

王熙凤又和刘姥姥闲聊了几句,说着说着,就有丫鬟进来报告,外头许多媳妇儿、管事的来回话。王熙凤便让平儿出去看看,让她们晚些时候再来,若真有什么要紧的事,再把她们带进来。

平儿出去问了问,很快来答话:"没什么要紧事,我让她们先散了。"王熙凤点点头。

接着周大娘回来了,她告诉王熙凤:"太太说今天不得闲,二奶奶您陪着也是一样的。她还让我转告刘姥姥,多谢你费心想着我这门亲戚,平时有空可以多来逛逛,如果有什么想说的,只管告诉二奶奶。"

刘姥姥这时候还想客气一下,说道:"哎呀,我也没什么可说的,就是来瞧瞧姑太太、姑奶奶,尽尽亲戚的情分。"

见刘姥姥没听懂,周大娘给刘姥姥使了个眼色,嘴里说着:"要是没什么事便罢,若是有事就只管跟二奶奶说,这和跟太太说是一样的。"

刘姥姥这才心领神会。只是直接开口讨钱,终归是有点难说出口,她还没张嘴,脸就先红了,说道:"论理儿啊,今天是第一次见姑奶奶,这话是不该说的,只是这大老远来一趟,到您老这儿,我又不好不说。呃,我今天来,我这……"

突然门外有人通报,东府里的小大爷来了。王熙凤当即抬手拦住了刘姥姥的话,让她不必说了。

然后,一个十七八岁的少年走了进来,这人身段苗条,面目清秀。他就是宁国府的少爷贾蓉,也就是秦可卿的丈夫。

眼见屋里来人了,刘姥姥别提有多尴尬了,坐也不是,站也不是。王熙凤见状,笑着安抚她:"你就坐着吧,这是我侄儿。"刘姥姥这才扭扭捏捏地继续坐在炕沿上。

贾蓉来干吗呢?借东西。

只见贾蓉满脸堆笑地向王熙凤请安,说道:"我父亲打发我来求婶子,明天我们府上要请要紧的客人,想摆一摆上次老舅太太给婶子的玻璃炕屏。我们之后就送还回来。"

玻璃炕屏是一种炕上用的屏风。古代屏风的材质多种多样,有木的,有金属的,有石头的,屏风面上要么放书画,要么镶嵌金银宝石,讲究特别多。在《红楼梦》里,玻璃是罕见物件,价值千金。

这么名贵的东西,王熙凤不太想往外借,她漫不经心地摇了摇头说:"你来迟了,昨天我已经把屏风借给别人了。"

贾蓉心知王熙凤在骗他,在炕沿边上来了个半跪,装出一副可怜兮兮的样子说:"婶子要是不借我,回头我父亲又该怪我不会办事了，说不定我还得挨顿打呢。好婶子，就只当是可怜可怜侄儿，把那屏风借我吧。"

见贾蓉如此撒娇，王熙凤笑道："你们就是看上我们王家的东西了，看见我家里有什么，你们就要拿过去。"

贾蓉赔笑道："求婶娘开恩吧。"

王熙凤这才松口了，说道："要是碰坏了一点儿，你可要小心你的皮。"接着让平儿去拿楼门钥匙，再找几个办事妥当的用人，帮忙抬到宁国府。

贾蓉喜得眉开眼笑，忙说："我亲自带人去拿，不叫他们乱碰。"说罢便高高兴兴地告退了。王熙凤忽然想起一件事，又叫贾蓉回来了一趟，却最终也没说什么，让他又走了。贾蓉一走，刘姥姥放松下来。

她说道："我今天带您这侄儿来，不是为别的，都是因为他爹娘连吃的都没有了。天气又冷，只好来投奔您。"说着，刘姥姥把板儿往前推推。"你爹在家怎么教你来着，光顾着吃，咱今天干吗来的？"

王熙凤当下打断刘姥姥说："你不用说了，我已经知道你什么意思了。"然后转身问周大娘："不知这姥姥吃了早饭没有？"

刘姥姥赶紧回答："我们祖孙俩一早就往城里赶，哪儿有空吃饭啊。"

王熙凤马上说道："那就快传饭吧。"

她这边说着，外头丫鬟已经把吃的摆好了。周大娘说了声

"姥姥请",就把刘姥姥和板儿带了出去,让他们先吃点东西。

一老一小大快朵颐③,吃了个痛快。这边刘姥姥出去之后,王熙凤叫住周大娘,问道:"你刚才传话,太太到底怎么说的?"

王夫人究竟如何看待这门亲戚的,王熙凤又是如何裁夺这件事的,刘姥姥此行最终是否有收获,这些故事,我们下一册再讲。

······ 诗词欣赏 ······

昭君

中国古代四大美女之一。西汉人，以民女身份入宫，后被皇帝赐给单于，以保塞上边境安宁。成语"沉鱼落雁"中的"落雁"形容的便是她的美貌。很多诗人词人都描写过王昭君，如李白、杜甫、王安石等。下面这首诗为李商隐所作，描写画师毛延寿因昭君不肯贿赂他，便将其画得丑陋，导致皇帝不识其美，将其远嫁万里，汉宫从此见不到她了，如同隔世。

王昭君　　唐 李商隐

毛延寿画欲通神，忍为黄金不顾人。
马上琵琶行万里，汉宫长有隔生春。

······ 识词释义 ······

❶**出挑：**指随着年龄增长，人的体格、相貌或智能向美好的方面发育、变化、成长。也说"出落"。❷**通房大丫头：**古代封建社会随主人陪嫁、实际被收为妾的婢女。❸**大快朵颐：**朵颐指鼓动腮帮子吃东西，大快朵颐即指痛痛快快大吃一顿。

凤姐世故好话多

红楼内外的世情百态

女娲补天

《女娲补天》是大家耳熟能详的一则上古神话，女娲补天在《列子·汤问》《淮南子·览冥》等古书中均有所记载。其中，流传最为广泛的版本，出自西汉淮南王刘安主导编撰的《淮南子·览冥》：

> 往古之时，四极废，九州裂，天不兼覆，地不周载，火爁（làn）炎而不灭，水浩洋而不息，猛兽食颛（zhuān）民，鸷（zhì）鸟攫（jué）老弱。于是女娲炼五色石以补苍天，断鳌足以立四极，杀黑龙以济冀州，积芦灰以止淫水。苍天补，四极正，淫水涸，冀州平，狡虫死，颛民生。

传说，女娲抟（tuán）土造人，创造出人类世界。人们在大地上日出而作，日落而息，组成家庭，繁衍后代，过着快乐幸福的生活。

突然有一天，天空中传来隆隆巨响。只见四根天柱倾斜，天空裂开一个大口子，很快大地陷落，烈火蔓延，燃烧不灭。洪水倒灌，猛兽横行。人们不是丧生兽口，就是淹死在洪水中。原本安宁祥和的大地变得一片狼藉。

女娲不忍心眼睁睁看着自己辛苦创造出的子民遭遇灭顶之灾，就将地上的天火熄灭，又造出许多小船，将在洪水中挣扎的人们救起。可是，想要真正解除这次危机，就必须想办法尽快把天上的窟窿给补上。

为此，女娲来到大荒山无稽崖，用神力炼出赤、青、黄、白、黑五种颜色的石头，把天空修补好。接着，她又去东海找来一只巨龟，用它的四条腿做天柱，重新把天幕稳稳地撑起来，让人们不必再担心天塌地陷。

在女娲的努力下，终于烈火熄灭，洪水退去，猛兽也全被消灭，大地恢复了宁静。人们终于又过上了安稳的生活。

而曹雪芹在《红楼梦》原著第一回中便引用了这个故事，来解说《石头记》这个书名的由来。

清朝时的科举制度

科举是自隋唐以来考试选拔官吏的制度，因采用分科取士的办法而得名。从隋朝时期开始实施科举考试到清朝光绪三十一年（1905年），科举制度存在了1300多年，在明清时期推行到了顶峰。

据大多数人的看法，《红楼梦》以清朝为创作背景，由此书中众多文人学子参加的也是清朝的科举制度。清朝的文科科考更为广泛，主要分为童试、乡试、会试和殿试四级。

童试为初级考试，是县试、府试和省学政主持的院试等三级考试的总称。三年内举行两次，通过三级考试按名额录取到府、州、县学读书，取得生员资格。每逢乡试之年，还要参加学政主持的科考，通过的才能获得参加乡试的资格。

乡试为三年一考，一般于农历八月在各省的省城举行，主考官均由皇帝选派。考试分三场，初九、十二、十五各考一场。考试内容以"四书五经"为主。通过乡试的考生可以名列正榜，被称为举人，第一名被称为"解元"。

会试由礼部主持，被称为"礼闱"。举人必须经过资格审查或复试，才能参加会试。会试一般于农历二、三月在京城举行，主考官和同考官也都由皇帝选派。通过会试的考生被称为"贡士"。前十名的名次由皇帝钦定，第一名被称为"会元"。

殿试是最高一级的科考，在会试之后的农历四月举行。殿试主要考时务策。考生有一天的时间答卷。考完之后，读卷官评阅，选出前十卷，再呈给皇帝钦定名次。名次确定后，次日皇帝亲临太和殿宣布结果，百官和所有贡士都会参加。一甲三名，依次为状元、榜眼、探花，赐进士及第。二甲人数不限，赐进士出身。三甲人数也不限，赐同进士出身。

一甲三人在殿试揭晓后立即被授职，状元授翰林院修撰的官职，榜眼和探花授翰林院编修的官职。

古人必读的"四书五经"是什么？

曹雪芹生活的清朝时期，科举考试几乎是学子入仕的唯一起点。想要顺利通过科考，就必须熟读甚至背下"四书五经"。因此他在创作《红楼梦》时，多次提到"四书五经"。

那"四书五经"具体指哪些著作呢？里面讲的什么内容？

《四书》是中国儒家经学典籍《大学》《中庸》《论语》《孟子》的合称。南宋的朱熹把这四种书加以注释，称《四书章句集注》，简称《四书集注》。《四书》之名从此确定下来。

其中，《大学》相传为曾子所作，提出明明德、亲民、止于至善的三纲领和格物、致知、诚意、正心、修身、齐家、治国、平天下的八条目。《中庸》相传为战国时子思所作。书中把"中庸"看作道德行为的最高标准，认为"至诚"是人生最高境界。《论语》是孔子的弟子和再传弟子记录孔子言行的著作，内容有孔子谈话、答弟子问及弟子间的谈论。《孟子》为孟子及其弟子万章等著，主要记载了孟子及其弟子的政治主张等观点。"民贵君轻"的思想就是从《孟子》里来的。

《五经》包括《诗经》《尚书》《礼记》《周易》《春秋》，是儒家尊奉的五部经典，传说都经过孔子编撰或修正。其实，"五经"本该是"六经"，后来《乐经》失传，所以余下"五经"。

其中，《诗经》是中国最早的诗歌总集，收录大约从西周初期到春秋中叶共三百零五篇诗歌，分"风""雅""颂"三部分。诗作以四言为主，赋、比、兴的表现手法对后世创作影响颇深。《尚书》是中国上古时期夏、商、周几个王朝历史文献的汇编，也是我国现存最早的历史文献汇编，保存了商周时期部分重要史料。《礼记》，相传由东汉的戴圣编纂而成，所以也称《小戴记》或《小戴礼记》。《礼记》内容丰富，包括《曲礼》《檀弓》《中庸》《大学》等四十九篇，是研究中国古代社会情况、文物制度等的重要资料。《周易》，包括《经》《传》两部分，《传》是对《经》最早的解说。它不仅是儒家经典，也对中国哲学的发展影响深远，可说是中国辩证思维的源头之一。《春秋》是中国第一部编年体史书。春秋时期鲁国史官记载、编纂当时的重大事件，后孔子对其进行整理修订，便有了《春秋》。这部经典因语言凝练、暗寓褒贬，被后人誉为"春秋笔法"。

大门不出，二门不迈

古人常用"大门不出，二门不迈"这句俗语来形容未出嫁女子的生活。

"大门不出"指未出嫁女子不能轻易走出家门，上街去游逛，抛头露面。但"二门"可能就让人费解了，难道在自己家里还不能随意出入吗？前文说过，"二门"就是指垂花门。在这里，我们将进一步了解其名由来和历史。

垂花门屋檐两侧各有一个下垂的垂莲柱，柱头上往往雕刻着各种各样的图案：莲瓣、串珠、石榴头、佛手等，寓意美好。因柱头上雕刻的图案以莲花居多，故得名垂花门。

垂花门在古代用途很广，宅子、宫殿、寺庙、园林中都可见到。但它最主要的用途还是作为内院的宅门。在古代，大户人家的前院（外院）与内院一般都用垂花门和院墙隔开。外院多用来接待客人，内院则是自家人，尤其是女眷居住的地方，外人和家中的男仆都不得随便出入。

那么，为什么要求古代女子"大门不出，二门不迈"呢？

其实，在先秦及以后很长一段时间，女子都是可以自由出门游玩、采买的。但到了宋朝，理学兴起，"三纲五常""三从四德"等思想发展，社会对女子有了更严苛的要求，渐渐地，"大门不出，二门不迈"就成她们的常态了。

不过，这样的出行要求，大多时候只针对高门贵族的大家闺秀。不过也并不绝对，像宴饮、诗会等活动，在获得家里的准许后，闺秀们还是可以外出参加的。

至于普通人家的待嫁女子，她们的家可能连二进院都没有，只有一个大门。迫于生计，她们出门并没有太多约束，只是不能如男子般随意闲逛。

"大门不出，二门不迈"是封建礼教对女子的严重束缚，不仅大大限制了女子的出行，而且禁锢了人们的思想。